アトハ Illust. 昌未

JN061663

転生聖女は引きこもりスローライフを目指したい！

Tensei seijo wa Hikikomori slowlife wo Mezashitai!

～規格外の魔力？ 伝説の聖女の再来!? 人違いなので放っておいて下さい！～

エミリア
大聖女エミーリアの
生まれ変わり

フィリップ
ガイア王国の
第一王子
アンナ
エミリアの
初めての友達

CONTENTS

転生聖女は引きこもりスローライフを目指したい！

～規格外の魔力？ 伝説の聖女の再来!? 人違いなので放っておいて下さい！～

アトハ

Jノベルライト文庫

〔イラスト〕 昌未

プロローグ

聖女エミーリアは、国を守護する大聖女であった。

高度な治癒魔法をはじめ、結界魔法・浄化魔法などの様々な魔法を使いこなす彼女に、気がつけばガイア王国は頼りきりになっていたのだ。

「辺境にモンスターが現れた？　よろしい、聖女を派遣しよう」

「大臣が病に倒れた？　よろしい、聖女を派遣しよう」

「結界に綻(ほころ)びが見つかった？　よろしい、聖女を派遣しよう」

不幸だったのは、聖女エミーリアが少しばかり真面目すぎたことだろう。そして彼女は優秀すぎたのだ。

国からの要求は、やがて無茶振りと呼べるものに変化していった。高い金を払っている——そんな免罪符(めんざいふ)もあったのだろう。

とても一人の人間では捌ききれない業務量。それでも不幸なことに、エミーリアは優秀で、それを達成してしまえるだけの実力を秘めていた。

「遅い！　治癒魔法をかけるだけで、どれだけ時間をかけてるんだ」

「申し訳ございません」

「南部の前線から、聖女を派遣するよう要請が来ている。早く向かえ」

「かしこまりました」

　ギリギリの綱渡りのような生活。

　気がつけばあって当たり前になっていた聖女の献身(けんしん)に、人々は感謝するどころか、常にそれ以上を求めた。

　彼女には、まともに眠る暇もなかった。

　食事すら治療の傍(かたわ)ら取るのが精一杯。それでも彼女は、必死に国からの期待に応え続けた。

「力を持って生まれた以上、それを正しく使うのは義務ですから」

　それはエミーリアの信念であった。聖女として国に尽くすのが当然だと信じ込んでいたのだ。

　もしかすると、そう信じるよう国に仕向けられたのかもしれない。

　当然、そんな無茶はいつまでも続かなかった。

　――そう、彼女は真面目すぎたのだ。

聖女エミーリアの最期は、あっけないものだった。過労死——すべての魔力を使い切って、ふっと糸が切れたように倒れたのだ。

「おまえはもう用済みだ」

彼女の献身に、国は何も報いなかった。

まるでボロ布でも放り投げるように。

——国は、あっさりと彼女を見捨てたのだ。

生涯をかけた献身の結果がこれだ。

戦場に置き去りにされ、最期の時にエミーリアは思う。

「ああ、聖女になんてなるんじゃなかった——」

どうか来世は、少しでも平穏な暮らしが手に入りますように、と。

一章　エミリア、転生したので夢のぐ～たら生活はじめます！

………という前世を、私――エミリアは思い出した。

「え？　何今の……、夢？」

そう思おうにも、夢にしてはリアリティがありすぎた。

目の前にモンスターが迫ってくる恐怖感。私がしっかりしなければ国が滅ぶという緊張感。命を削りながら必死で魔法を使って、大切な人を守るために命がけで魔法を行使して――ボロ布でも放るように捨てられた惨めな最期。

私の感情が訴えかけている。

あれはたしかに前世の記憶で、実際にあったことであると。

「聖女なんて、ろくなものじゃないね」

パニックに陥りそうなときほど冷静に。

私はゆっくりと起き上がり、手桶で顔を洗う。

「これが、私？」

　水面に、くりくりっとした可愛らしい目の少女が映り込んだ。見たところ十代の前半といったところだろうか。魔法の使いすぎで、老婆のように老けてしまった前世とは大違いだ。

　間違いない。私はこの少女の体に転生したのだ。聖女としての務めを死ぬほど（物理的に）頑張ったご褒美だろうか。

「ええっと……、私は――」

　記憶を辿る。エミリア・フローライト。それが私の名前だ。

　私は、さらに〝エミリア〟の記憶を辿っていく。年齢は十二。フローライト家の四女で、好物はお肉がいっぱい入ったスープ。……それだけでフローライト家の食卓事情が窺える気がした。

「聖女なんて、もうこりごり！」

　前世のように、こき使われて死ぬなんて真っ平だ。

（聖女の力が失われていれば、万事解決だけど）

（よし、物は試しね！）

　私は前世でしていたように、えいや！　と手を天にかざし、指先に意識を集中する。すぐに体内の魔力が呼びかけに応えるように動き出し、じんわり体が暖かくなる。

った。

まだ拙(つたな)い制御だが間違いない。私の中に宿っているのは、癒しの効果をもたらす聖属性の魔力のようだった。

「げっ、まだ使えるのね」

前世はこれのせいで聖女だと祭り上げられ、酷い目にあった。綺麗さっぱり失ってしまっても問題はないのだが、今世でも問題なく使えるようだ。

「私が望むのは、ただ平凡に生きて平凡に死ぬこと」

ベッドから起き上がり、私は拳をぐっと握り込む。

「この力のことは、絶対に隠し通すよ！」

思えば前世の生活は酷いものだった。

朝から晩まで魔法の練習。友達と遊ぶ暇もなく、年頃の女の子らしいことも何もできていない。恋愛だって、あの姿じゃできるはずもなかった。

だから、今生は力を隠して、うんと人生を満喫してやるのだ。

そうと決まれば、早速やることは――

「はわわっ？　ねーねーがおかしくなった？」

そんな決意をした私に、突然、そんな声がかけられた。

見れば入り口に、黄金色の髪をハーフアップにした少女が立っている。私をそのまま小さくしたような少女で、この体の主の記憶によれば、

「リリア、ちゃん？」

リリア・フローライト。

フローライト家の末娘にして、一家の愛情を一身に受けて育った女の子だ。そんなリリアは、私と目が合うなり、

「おかあさ〜ん！　ねーねーがおかしくなっちゃった？」

そんなことを叫びながら、ぱたぱたと駆け出していくのだった。

（しまった。普段はリリ呼びだったね）

（早くこの体に慣れないと）

そんな反省とともに、私は大人しくベッドに横になるのだった。

「エミ、もう体は大丈夫なの？」

寝室に入ってきた恰幅（かっぷく）の良いおばさんが、心配そうに私にそう声をかけた。

彼女は、シンシア。〝エミリア〟の母に当たる人だ。

「お母さん、大げさだよ」

「大げさなもんかい。普段は風邪一つ引かないおまえが、三日三晩寝込んだんだ。本当に、どうなることかと心配で心配で……」

何でも、お医者さんですら匙を投げるレベルの重症だったそうだ。三日三晩生死の境を彷徨って、今日になってようやく目を覚ましたらしい。

（死にかけたから前世の記憶を思い出したのかな？）

（運が良かったのか、悪かったのか……）

私はぼーっとする頭で、母シンシアの顔を見る。

思えば、こうして誰かに心配されるのなんていつぶりだろう。前世では体調不良を訴えても、自己管理が足りんと叱責されるだけだったし。

それに比べて、今世での家族が何と温かいことか。

「心配かけてごめんなさい」

「まったく、余計なこと気にしないの。ほら、病み上がりなんだから、無理せず横になってなさい」

ぽつりと謝る私に、シンシアはそう温かい声をかける。

「ねーねー元気になった〜！」

妹のリリアが、ぽんと私のベッドに飛び込んでくる。

ぽんぽんと頭を撫でると、リリアは気持ち良さそうに目を細めるのだった。

＊＊＊

数日後。

「全、快！」

すっかり完治した私は、がばりとベッドから起き上がる。

「ねーねー、どこ行くの？」

私は、ハーブ摘みに向かおうとしていた。

寝ている間に分かったのだが、フローライト家は貴族とは名ばかりの貧乏貴族であった。大きな兄がモンスターを狩って、私のような力のない娘はハーブを摘んで生活の足しにしていたのだ。

「ねーねー、行っちゃうの？」

玄関にいる私を、うるうるした瞳でリリアが見上げてきた。

「いつまでも寝ているほど、うちに余裕はないからね」

「リリも行く～！」

病気がちなリリアは、外に出てはすぐに熱を出していた。万全の体調でないと、なかなかお母さんの許可が下りないのだ。

(その原因は恐らく——)

リリアの病気は、見たところただの魔力中毒だ。体内の魔力を上手く循環できない小さな子供に、稀に見られる症状だ。魔力の放出が上手くできず、発熱が続き、慢性的な風邪のような症状に襲われるのだ。

放っておいても体の成長と共に、いずれは良くなるものだが、

(魔力の循環を体に覚えさせちゃったほうが早いんだよね)

(これぐらいなら問題ないよね)

別に、特殊な技術でもない。

私はリリアの体に手を当てて、少しだけ魔力に働きかけてやる。

(うん、上手く魔力が回りはじめた)

(これでこの子も健康体!)

やがてリリアの体内で上手く魔力が循環しはじめたのを確認し、私は満足げに頷いた。

「ねーねー、何したの？　体がすごく楽になった！」

「ふふ、ちょっとね」

これはあくまで対症療法だ。完全に治すなら、リリアに魔力の扱い方を覚えてもらう必要がある。

そんな騒ぎを聞きつけたのか、母シンシアがやってきた。

「わがまま言わないの。リリは大人しくお留守番！」

「そんなぁ……」

しゅんと落ち込むリリア。

「大丈夫だよ。今日のリリは元気そうだし」

「エミリアまで何を言うの。ほら、リリは熱が――あら？」

額に手を当てて、シンシアが目を瞬く。

すっかり熱が下がっていたからだ。

「リリ、大丈夫なの？」

「うん！　ねーねーが治してくれたの！」

「えぇ？」

驚いたような顔で、シンシアがこちらを見てくる。

（何をそんなに驚いてるんだろう）

内心で首を傾げながらも、

「ちょっとしたおまじない！」

私はそう微笑むと、リリアと一緒に家を飛び出すのだった。

＊＊＊

私とリリアは、木々が生い茂る裏山の通りを歩く。

売れそうなハーブを探しているのだ。

「リリ、そんなに走ったら危ないよ！」

「は～い！」

久々に外に出られて嬉しいのか、リリアは辺りを駆け回っていた。

（ハーブ摘みが子供の手伝いか）

（懐かしいな）

私は、薄暗い通りを歩きながら前世を思い出していた。聖女の訓練の傍ら、私も随分とハーブ摘みに精を出したものだ。

回復薬の原料となるハーブは、前世では戦線を支える貴重な物資だった。聖女の回復魔法は強力だったが、すべての戦場に聖女が付いていける訳ではない。回復薬のストックは重要だった。

（あ、アライネ草見っけ！）

（これって魔力を通すと花が咲いて、その素材が便利なんだよね）

アライネ草は、そのまま食べても滋養効果がある。それだけでなく花が咲けば、貴重な万能薬の材料にもなるのだ。

私が鼻歌混じりに、アライネ草を回収したところで、

「あら？　そんなところでサボってお花摘み？」

私に、そんな声がかけられた。

見れば燃えるような赤い髪を腰まで伸ばした少女が、ツンとした顔でこちらを睨みつけてきている。

「良いですね、お貴族様は。そうやって遊んでても何のお咎めもなくて」

「ええっと、あなたは？」

「アンナ、です！　ふん。お貴族様にとって、私の名前なんて覚える価値もないってことですね」

（えぇっ⁉　何かすごい敵意を持たれてる……）

赤毛の少女――アンナは、ぷんすかと怒っていた。

怒っているようなのだが、とんと原因に見当がつかない。慌てて〝エミリア〟の記憶を辿るも、やっぱり思い当たる節はない。

「ええっと、アンナは私がお花を摘んでるのが気に食わないの？」

「ふん、私を不敬罪でしょっぴきますか。大切なときには何もしないのに、偉そうなお貴族様らしいですね」

アンナの言葉には棘があった。

（この子、貴族が嫌いなのかな――）

（分かる。分かるよ、その気持ち……！）

蘇（よみがえ）ってくるのは前世の記憶だ。思い出したのは、何もしないくせにケチばかり付けてくるジジイ共。

あんな奴らと一緒にされるなんて心外だ。

（要は、アライネ花の効果を示せば良いんだよね）

「別に遊んでる訳じゃないよ」

私は静かに口を開く。

「じゃあその花は何？」

「何って――」

（この子、アライネの花を知らないんだね）

（知っておいて、損はないよね）

私は腕をめくり、手にした短刀で腕を軽く切る。

「なっ？」

「ここにアライネの花を振りかけると――」

特に調合していないので、正直、効果は薄い。

だけどもこれは万能薬の材料にもなる代物だ。この程度の切り傷なら、一瞬で治るはずだ。

「ね？　これだけじゃなくて、ほかにもアライネの花には――」

「待って、待って、待って⁉　というか何であんたは、その……、自分の腕を切ったりしたのよ？」

ギョッとした顔でアンナ。

「何でって。実演するほうが手っ取り早いし……」

（何だか感情表現が豊かな子だな）

そんな場違いな感想と共にアンナの顔をまじまじと眺めていると、

「その……、悪かったわね」

「え?」

「一方的にサボってる、って決めつけたこと!」

アンナは一言、一言、区切るようにそう言い切った。

ちょっぴり照れくさそうに。

(悪いことをしたら素直に謝れる)

(良い子なんだね)

微笑ましいものを見るような気持ちになっていると、

「むむむ~……」

アンナが膨れっ面で、私のカゴを見ていた。そこには今日の採取で摘んだハーブが大量に入っている。

「どうしたの?」

「その……、あんたの集めたハーブ、随分と質が高いから」

「え、そう?」

感心するように言われたが、正直、心当たりがない。

「何か特別なことをしてるの?」

「そんなことないと思うけど」

私は、実演してみせることにした。

まずは注意深く辺りを探りながら、木々の間を歩き回る。アンナがキョロキョロしながらついてきた。

「あそこに生えてるのは？」

「う〜ん、もっと栄養を溜め込んでからのほうが良いと思う」

（お、見っけ）

（これなんか、ちょうど採りごろだね）

私は立ち止まり、根っこを傷つけないようにハーブの周りを掘っていく。

「今度は何をしてるの？」

「このハーブは、根っこに栄養を溜め込んでるからね。根っこごと回収したほうが、品質を保てるんだよ」

そう言いながら私は、素早くハーブを回収していく。魔力で軽くコーティングすることも忘れない。このひと手間が、後々の工程で大きく完成品の品質に影響を与えるのだ。

「ひ、光った!?」

「き、気のせいだと思うな——」

（って、私みたいな子供がやってたら怪しまれるか）

（いけない、いけない。つい前世の癖で——）

慌ててごまかす私を、アンナが不思議そうに見る。

（聖女バレ、すなわち過労死待ったなし！）

（気をつけないと……）

アンナは、何度か私と自分で摘んだハーブを見比べていたが、

「あんた——いいえ、エミリア様！　私にも、ハーブ摘みを教えて下さい！」

などと言いはじめた！

（様ぁ？）

その呼び名は、どことなく聖女時代を思わせた。不吉すぎる。

「エミリアで良いよ」

「でも——」

「私、友達が欲しかったの！」

そう言って、私はギュッとアンナの手を掴む。

何せ前世では、聖女修行のせいで、万年ボッチだったのだ。ぐ～たら生活と同じ

ぐらい、私は友達という存在に飢えていた。

「わ、私が友達⁉」

「駄目、かな？」

「駄目じゃ、ない、けど……」

目を逸らし、ごにょごにょと何かを言っていたアンナだったが、

「それで、ウクレアハーブの集め方なんだけど――」

私が口を開くと、興味津々といった様子で説明に集中する。

（貴族を嫌っている理由は分からないけど……）

（根は良い子みたいね）

熱心に新たなハーブの採り方を試そうとするアンナを見て、私は内心で感嘆の声を漏らす。そうして、いくつかのハーブを採集したところで、

「今日はそろそろ戻らないと。ありがとう、エミリア」

アンナはそう言い残し、慌ただしく走り去っていく。

「またハーブの採り方、教えてね！」

「喜んで！」

（えへへ。友達、できちゃった）

にこにこと笑顔で見送る私を見て、戻ってきた妹のリリアが、

「ねーねー、何か良いことあった？」

そんなことを言うので、私は慌てて表情を引き締めるのだった。

《SIDE：フィリップ王子》

俺——フィリップ・ガイアは、フローライト領の視察に向かっていた。

フローライト領の視察は、公務の一環(いっかん)である。

ガイア王家の第一王子として生を受けた俺は、これまでも国が抱える様々な課題に取り組んできた。その中でも特に、フローライト領を調査する必要性が高いと俺は考えている。

「穢(けが)れた地、か……」

俺が向かっているフローライト領は、ガイア王国辺境にある小さな領地だ。とある理由から『穢れた地』として中央貴族から忌(い)み嫌われている。

ガイア王国は、多数の優秀な魔術師を擁する国だ。特に脅威(きょうい)となるモンスターから国を守るため、魔術師の力は必要不可欠であった。

（魔術師が輩出されない領土、か……）

魔術師の生まれない穢れた地——それがフローライト領だ。

ガイア王国で、魔術師の地位は高い。各地で優秀な魔術師の卵を発見し、優秀な教育を受けさせることは、ガイア王国が重要視した制度の一つだ。

そんなガイア王国で、長年、フローライト領では新たな魔術師が見つかっていないのだ。中央貴族はやがて、侮蔑と嘲笑を込めて、フローライト領を穢れた地と呼ぶようになっていった。

（中央の奴らは何も分かってない。俺らの力には限界がある）

（破綻はもう、すぐそこに迫っているというのに……）

魔法は、国を守るための重要な力だ。ゆえに強大な魔術師は、どこにいっても重宝されるし、国での発言力も大きくなっていく。俺も王国随一の魔力の持ち主として、期待を一身に集めていた。

（この力は神から与えられた奇跡だ）

（だからこそ、この国のために使うのは当たり前だ。だけども——）

そう遠くない将来、国は滅びる。

そんな確信があった。

――何せ年々、国を守る魔術師は、その数を減らしているのだから。

「殿下、また考え事ですか？」

「ああ。フローライトには絶対、何か秘密がある」

俺を覗き込んだのは、琥珀（こはく）色の瞳の美しい容貌を持つ男だ。

名は、ルドニア・セルシウス。護衛を兼ねた俺の側近――もとい、腐れ縁の幼なじみだ。遊び相手として紹介された日からゆうに十年。今では、何でも打ち明けられる頼もしい相手だった。

「聖女伝説でしたっけ。たった一人であまたのモンスターを屠（ほふ）り、国を守り抜いた伝説の英雄。そんな人間がどこかにいると――殿下は、まさか本気で信じているのですか？」

「悪いか？　分かってるさ。そんな伝説をいつまでも追いかけるなど、子供っぽいというのはな」

俺は、自嘲（じちょう）気味に呟いた。

魔術師が減少し、静かに滅びゆくガイア王国。

誰もがその問題から目を背（そむ）け、まともに向き合おうともしない。

そんな状況だからこそ、俺は〝聖女〟という存在に憧れた。かつて国を単身で守り抜いたという伝説上の存在。たった一人で国を守り、その行く末を案じていた英雄は、いったい何を思っていたのか――

（俺なんて、足元にも及ばないけどな）

いずれは国を背負う者として。

――一目見てみたい。

――あわよくば話してみたい。

そんな馬鹿なことを願うほどに、その憧れは日々強くなっていた。

（分かってる。……分かってるさ）

（そんな都合の良い奇跡なんて、存在しないってことはな）

「そうでなくともフローライトには何かある。そうは思わないか？」

「はあ。何か、ですか？」

「ああ。だって、そうじゃないと説明がつかないだろう。魔術師抜きで領地を守り抜く――そんな芸当は不可能だ」

「それは、そうですが」

ある者は、モンスターにすら興味をもたれないクズ領地、とフローライトを馬鹿にした。ある者は、フローライトは魔術師を隠し、独自の教育を施していると考えた。フローライトはすでにモンスターに滅ぼされており、それがバレぬよう人に化けているという滑稽な噂すら流れている。

所詮は馬鹿げた噂だ。

そこには絶対に、何か秘密がある。

「だから俺は、必ずその秘密を突き止める」

その真相を探る――それは視察の〝建前〟だった。

本当の目的は……、

(聖女様。もし実在していたのなら――)

(あなたは何を望み、何を考えていたのですか?)

聖女の再来。

願うのはそんなおとぎ話のような世界。

＊＊＊

そうして俺たちを乗せた馬車は、無事、フローライトの地に到着した。

俺はルドニアを連れ、身分を隠して入り込む。

「殿下、危険です！　穢れた地に、まともな護衛もつけずに入るなど！」

「そうです。もし御身に何かあったら……」

口々に苦言を呈してくるのは、護衛としてついてきた騎士団員たちだ。

「大丈夫さ。ルドニアの優秀さは知っているだろう」

ゾロゾロと騎士団の者がついてきては、極秘の調査など不可能だ。

慌てた様子の騎士団員たちにそう返し、俺はルドニアと共にフローライト領の散策をはじめるのだった。


「相変わらず殿下は、上手く化けますねえ……」

「おまえもな」

「無茶には随分と付き合わされたもので――」

そんな軽口を叩きながら、俺たちは人気の少ない森の中を進んでいく。

「殿下、どこに向かいましょうか」

「そうだな。まずは――」

――魔族領と接している結界を確認したい。

俺は、そう答えようとしていた。

その森を通りがかったのは、ただの偶然だった。聖女への執念が引き合わせた奇跡か、あるいは運命のいたずらか。


「……は?」

それは美しい少女だった。無垢な表情に、透き通るような白い肌。身に纏った薄紫のワンピースは、そのあどけなさを強調している。

それよりも目を引かれたのは、彼女の起こした現象だった。

指先に纏わせた魔力が、薄く発光しており——高度な魔力制御だった。

(う、うそだろ?)

(魔術師のいないこの地で、あんな魔力制御をどうやって……)

少女が手をかざすと、突如として何の変哲もないハーブが一流の調合素材に姿を変えたのだ。

俺が固唾を呑んで見守る中、少女は楽しそうにハーブを摘んでいった。鼻歌交じりに魔力を調整し、最高品質の素材に作り替えていく。

(何だ、あれは!?)

あんな緻密(ちみつ)な魔力操作、俺にはできない。

「殿下、どうしました？」

「しーっ。フローライトの謎。さっそく見つけたかもしれない！」

あの技術が、フローライトだけに広がっているのなら。いったい王家は、金銀財宝をいくら積めば良い？

俺が興奮しながら少女を見守っていると、

（アライネの花、だと？）

（馬鹿な。こんな場所で咲くわけが⁉）

俺の目が正しければ、少女が花を咲かせたように見えた。

アライネの花は、万能薬の素材となる貴重な素材だ。自然の中で咲いた所を見た者はなく、採取には厳重な管理と手入れが必須となる。そこまでしてもアライネの花を安定採取することに成功した者はいない。

あれが市場に出回れば、数百万ゴールドはくだらないだろう。それほどの貴重な代物を、目の前の少女は何食わぬ顔で生み出したように見えた。

「フローライトの謎？」

「ルドニア、勉強不足だぞ。あの花は、万能薬の材料だ。そんな貴重品を、何食わぬ顔で生み出した――その意味が分かるだろう」

「まさか。そんなことあるはずが――」

半信半疑のルドニアを前に、もどかしくなった俺は、

「ルドニア。あの少女を調べるぞ！」

「ええ？」

その時の俺は、まるで幼い子供のように目を輝かせていたことだろう。

聖女伝説。それは幼いころから憧れていた逸話だ。ただ憧れて、そんなものは存在しないと薄々は分かっていたおとぎ話。

もし、そんな奇跡を目の当たりにしたというのなら――

「今日という奇跡に感謝を」

この機会、決して無駄にはしない。

《SIDE：エミリア》
私が、エミリアの体に転生して一週間がすぎた。
リリアと遊んだり、アンナとハーブ摘みに出かけたり、私は〝エミリア〟として

の生活を満喫していた。

「…………」

「…………」

晩ご飯の席は、どうも重々しい沈黙に包まれていた。

（え、何このお葬式ムード⁉）

（今日の朝はいつも通りだったよね……）

私、何かやらかしただろうか。

こっそりつまみ食いしたおまんじゅうが、実はお父さんの大切な隠しものだったのだろうか。それともハーブ摘みの成果が芳しくなさすぎて、また晩ごはんが具なしスープだけになってしまうのだろうか。

う〜ん、う〜んと、私が考え込んでいると、

「エミリアに縁談があった」

「…………へ？」

父、アンドレが深刻な顔で切り出した。アンドレは小太りのおじさんで、つぶらな瞳がどこか愛嬌のある子豚を思わせる。

（え、私に縁談？）

（……なぜ？）

混乱にテンパる私をよそに、話は続いていく。

「あなた、その……、エミの相手は――」

「エティグマ家からだ。エミリアのことをいたく気に入った様子でな」

母シンシアの問いに、アンドレが思案するような顔で答える。

「エティグマ家？　女癖が悪いことで有名な、あの？」

「これこれ、知りもしない相手のことを悪く言うものでない」

窘（たしな）めるように言うアンドレ。しかしシンシアは、突っかかるようにアンドレを問い詰めていく。

「年齢は？」

「今年で五十七」

「よぼよぼの爺さんじゃない！」

「あー、それは……」

顔色がだんだんと悪くなっていく父アンドレ。

「だいたい、エティグマの爺さんと言えば、社交界でも女癖の悪さで有名じゃないか。しかも娶（めと）るのは、決まって小さな少女って話で――」

長男までボソリと恐ろしいことを言う。

（小さな女の子だけを娶る、変態じじいからの縁談⁉）

（冗談じゃない！）

何の因果か、こうして転生したのだ。

私は何が何でも、ここで平穏な一生を送るのだ。

女癖が悪い悪徳貴族の後妻など真っ平だ。何人目かの妻、ゆくゆくは寵愛を奪い合うドロドロした毎日。

平穏なスローライフとは、もっとも遠いものだ。

「そんな縁談、私は絶対に認めません！」

「まったくです！　エミは、エミのことだけを見てくれる、素敵な殿方にしか渡せません！」

母シンシアは、断固として反対の構え。更には上の姉——ルルーシェ姉さままで、ふんすと鼻息荒く呟いた。

そんな総スカンを喰らってなお、アンドレは未練がましく私を見ながら、

「案外、良い出会いという可能性もある。どうだい、エミ？」

「ごめんなさい」

（絶対、ろくな目に遭わないよね）

私がきっぱりと首を横に振り、

「次ふざけた話を持ってきたら、ぶちのめすわよ」

シンシアが物騒な笑みを浮かべ、無事、私の縁談は流れたのだった。


（あ、危なかった！）

部屋に戻った私は、ひっそりとため息をつく。

（目指すべき平穏なスローライフのため！）

（政略結婚、駄目絶対……）

領から出ずに、ここに引きこもって生きていくのが理想。

先ほどのような縁談は、もってのほかである。

不幸中の幸いだろうか。家族仲は、悪くはない。私の意思なく、すぐさま政略結婚に出される、ということは無さそうではあるが……、

（いえ、絶対なんてないか）

（父さん、私を売ろうとしてたし――）

金に目が眩んだ人間の醜さは、前世で嫌というほど目にしてきた。

用心するに越したことはない。

（要は、貧乏が問題なんだよね）

（そうと決まれば、やることは一つ！）

目立ちすぎない程度に手を抜きつつ、領地の経済をどうにかする。

すべては私の平穏な毎日を守るために！

＊＊＊

翌日。

私は、アンドレの執務室を訪れていた。

「エミは偉いわね。その年で、領地の経営に興味があるなんて」

おっとりと微笑むのは、次女のルルーシェ姉さまだ。昨日のろくでもない縁談にも、我が事のようにぷんすか怒ってくれた妹思いの優しい姉である。

私は、ぺらぺらと書類のページをめくっていく。

「えっと。ルルーシェ姉さま、この文字は？」

「それは――」

私の前世の記憶と、〝エミリア〟の知識。

本を読みながら、私は理解していく。私が死んでからガイア王国で何があったのか。そして、フローライト領が置かれた状況を。

（ま、まずいなんてもんじゃない！）

（よく今まで大丈夫だったね、この領地⁉）

目ぼしい特産品はなく、人を呼び込む観光地もない。おまけに土地は瘦せ細り、なかなか植物が育たない不毛の大地。その癖、モンスター蔓延る魔族領と接しているという絶望的な立地。

青ざめつつ、私は別の本にも手を伸ばす。

次に私が手を伸ばしたのは、国の歴史について書かれた古文書だ。

（あれ、この項目は？）

「エミも、大聖女様に興味があるの？」

その様子を見て、ルルーシェ姉さまが目を輝かせた。

「大聖女様？」

（あ、この文字なら読める）

その古文書で使われていた文字は、ちょうど私が生きていた時代に使われていた文字のようだ。魔法に使う古代語も混じっていたが、それも前世で履修済である。何も問題ない。

　ぱらぱらとページをめくる私を見て何を思ったのか、

「大聖女様はね、とっても偉大な方なの！」

　ルルーシェ姉さまが、妙に熱のこもった声で話しはじめる。

「たった一人で、モンスターの群れを返り討ちにすること多数。立派な聖獣を従えた凛々しい姿で戦場に降り立ち、その威光だけでモンスターはひれ伏したと伝えられているの」

（ほえぇ。世の中には、すごい聖女もいたんだなあ）

　私が、ルルーシェ姉さまの言葉にふむふむと頷いていると、

「今、私たちが生きているのは大聖女エミーリア様のお陰なのよ！」

　そんな言葉が飛び出し、私は思わずむせてしまった。

（はあぁ？）

（これ、私について書かれてたの？）

　どこかの偉人について書かれていたと思わしき書物。単身で国を守り抜いた紛う（まご）ことなき偉人の武勇伝――驚くことにそれは、前世の私について記述していたもの

らしい。

（神々しさで、直接目にした者は目を焼かれたって何⁉）

（そんなの事実だったら、邪神か何かの類だよ。崇めないほうが良いよ）

どうやら神聖魔法を使える者は、私の後には現れなかったらしい。私の前世が、盛りに盛られて、無駄に脚色されて書類として残されている。

正直、とても恥ずかしい。

「まさか、ルルーシェ姉さまはこれを信じているの？」

「もちろんです！」

ルルーシェ姉さまが、目を輝かせながら私の手を鷲掴みにして、ぶんぶんと振り回す。おしとやかな令嬢の姿は、もはや見る影もなかった。

「エミも知っての通り、ここフローライトには大聖女の加護があるのです」

「大聖女の加護？」

「ええ、その名も大聖女の聖遺物。現代技術では再現不能なアーティファクト——もちろん、このことは我が家の大切な秘密なのですが——」

秘密と言いながらも、怒濤の勢いで話しはじめるルルーシェ姉さま。

前世の私が、想像以上に祭り上げられていてつらい。できれば死んだ後じゃなくて、死ぬ気で頑張っていた生前に認めてほしかった。

（てか、大聖女の聖遺物って何のこと⁉）

（そんな大仰なものは、残した記憶がないよ！）

頭に疑問符を浮かべる私の代わりに、ルルーシェ姉さまがぺらぺらとページをめくる。そうして開かれたページは、魔道具が描かれたページであり、

（あぁぁぁぁ？）

（アリサと遊びで作った出来損ないの魔道具⁉）

そこには、私の黒歴史が鎮座していた。

「エミ、これが大聖女の聖遺物です。これのおかげで、ここフローライトは、今日も平和を保っているのです」

「いいえ。そんな失敗作は早く捨ててきましょう」

「え？」

「な、何でもない」

（い、いけない）

（つい、反射的に……）

怪訝な顔をするルルーシェ姉さまに愛想笑い。

大聖女の聖遺物などと祭り上げられている魔道具の正体は、前世の私が友達と遊び半分で作った魔道具であった。

当然、領地全体を守るような効力はない。

反応に困っている私を見て、何を思ったのかルルーシェ姉さまは、

「エミもようやく大聖女様の偉大さに気がついたのね」

おっとりと微笑みながら、そんなことを呟くのだった。

（うぅ。何か、いたたまれない）

気まずくなった私は、今後のことを考えるために部屋に戻るのだった。

＊＊＊

その後、数日間。

日課のハーブ摘みすらサボり、私は部屋で頭を悩ませていた。

悩みのタネは、領地の経済状況についてだ。すべては政略結婚を回避して、平穏な毎日を送るために必要なのだが、

（詰んでない？）

あらかた調べて出た結論は、そんなところだった。

土地が痩せ細っており、なかなか食物は育たず。目ぼしい資源もなく、人の住めない不毛の地が大半を占める。その上魔族領が近く、穢れた地として忌み嫌われているせいで、観光客も見込めない。

このフローライトという領地、一言で言えば残念な土地だった。

（穢れた地って……）

（まったく、失礼しちゃうよ――）

ルルーシェ姉さまの手助けもあり、私はガイア王国の歴史を、ある程度把握することに成功した。

私が死んだ後、国は大混乱に陥ったようだ。

あって当たり前だと思っていた聖女の加護は、失って初めてその価値を認められたのだろう。騎士団は大幅に弱体化し、たちまち結界も破られた。そんな中、どうにか国を守ったのが魔術師というわけだ。

そんな状況で、魔術師が見つからない領地――ということでフローライトは穢れた地と呼ばれ、忌み嫌われているらしい。

（魔術師が輩出されない？）

（そんな馬鹿な――）

少なくとも妹のリリアは、そこそこの魔力を持っている。個人差はあるが、誰でも練習すれば魔法ぐらい使えるようになると思うけれど……。

（この時代は、どうやって魔術師を探してるんだろう）

内心でそんな疑問を持ちつつ、

「王国をあげて優秀な魔術師の卵を捜索（そうさく）している……、かあ」

今世は、魔法が使えるとバレないほうが良さそうだと、私は頭の片隅にメモしておく。国をあげて丁重に保護され、出世が約束される誰もが憧れる道だと聞いたが、そんなことより平穏な毎日のほうが大切だ。

（とはいえ、この領地をどうするか……）

むむ〜、と頭を悩ませていると、

「エミ、お友達よ」

母シンシアが、そんな言葉と共に私を呼びにきた。

ちなみに私の家は、説明するまでもない貧乏貴族だ。領民と共に農作物の収穫にあたることもあり、そこにあまり境目はない。平民の友達と聞いて眉をひそめるような者は、家族には誰もいなかった。

（誰だろう？）

外に出た私を待っていたのは、見慣れた赤毛の少女――アンナだ。

それと見慣れない少年が二人……、

（……誰？）

疑問が顔に出たのだろうか。

「旅芸人のフィーだ」

「同じく旅芸人のルドニアです。芸を磨くため、武者修行の旅をしています」

（ふ～ん。旅芸人、かあ……）

たまたまアンナと知り合ったのだろうか。

「それで、どうしたの。アンナ？」

「それは！　いきなりエミリアが来なくなったから！」

私が首を傾げると、何やら慌てた様子でアンナがそう答えた。

そんなアンナをまじまじと見つめていると、

「そんなことは良いの。それより二人の芸を見ましょう、すごいのよ！」

露骨に話題を逸らすアンナであった。

数分後。

「すごい！」

私たちは、旅芸人の二人の芸を鑑賞していた。

「さすがにやりますね、殿……フィー」

「だてに鍛えてはいないからな」

フィーとルドニアは、剣を手に取り軽く打ち合った。

あまたの宝石が埋め込まれた儀式用の剣のようだ。人に見せるための演舞の趣が強かったが、

（この二人、大した手練れだね）

これでも前世で、嫌というほど戦闘経験がある。その結果、今は見ただけである程度は相手の強さの想像がつくようになっていた。

（たぶん何度も実戦経験がある人たちみたいだね）

（今も旅するためには、戦闘も覚悟って感じなのかもしれないね）

前世では、魔族領と人間領の境目にある結界のおかげで、モンスターが人間領に入り込むことは少なかった。それでもゼロではない。旅をするときには入り込んだモンスターを相手取る覚悟が必要だったし、それで命を落とす者も少なくなかった

はずだ。

今も、そう状況は変わっていないのだろう。

そんなことを考えながら見守っていると、やがてフィーとルドニアの演舞が、終わりを迎えたようだった。

「すごい、すごい！　格好良いです！」

ちょっぴり興奮した様子で手を叩くアンナ。

「エミリア、だったか？　君も楽しんでくれたか？」

「はい、良いものが見れました。良い腕ですね」

「喜んでもらえて何よりだよ」

フィーと呼ばれた少年は、そう微笑むと、

「実は、俺たちも気になることを聞いてね――」

「気になること？」

「そこのアンナから聞いたんだ。何でも綺麗な花を咲かせる手品を使うそうじゃないか」

「む。あれは手品という訳じゃ……」

「すまない。別に怒らせようと思ったわけじゃないんだ」

　フィーは、ひらひらと手を振ると、

「それでも、旅芸人の端くれとして興味がある。良ければ、少しだけ見せてもらえないか？」

　そう私に提案してきた。

「アンナが何を吹き込んだのか分かりませんが……、本当に大したものじゃないですよ」

「そう自らの価値を下げるもんじゃないさ」

「準備がいるんです。とりあえずハーブを摘みに――」

「その必要はない」

　歩きだそうとした私に、フィーが手際よく何かを差し出してくる。それはアライネ草――彼らが言うところの〝手品〟に使う道具だった。

（何という準備の良さ）

（もしかして、アンナが？）

　ちらりとアンナを見ると、ぶんぶんと顔を横に振った。どうやらアンナが用意したものでもないらしい。

（う〜ん、これだけ期待されているのなら）

良い演舞を見せてもらったお礼だ。

「こちらにありますのは、種も仕掛けもないアライネ草――」

そうと決まれば、俄然やる気になってしまうのが私の悪い癖か。

私は、大仰な動きでアライネ草を空にかかげ、両手で包んでその姿を隠す。

「ここにおまじないをかけると――」

「おまじないをかけると⁉」

「あら不思議。一瞬で――」

ぱかっと手を開く。

「「おぉぉぉ⁉」」

「ま、まさか⁉」

フィーが驚きと同時に、あんぐりと口を開く。

不思議や、不思議。一瞬で花が咲きました！　なんて言おうとしたところに、このオーバーリアクションである。

（さすがは、旅芸人のお二人）

（何とも気持ちの良いリアクションを――）

「な、なあ。ちょっとだけその花を見せてもらってもよいか⁉」

「え、ええ。どうぞご自由に……」

フィーが、ずずずいっと身を乗り出してくる。

食い入るような目でアライネの花を見ている彼には悪いが、残念ながら本当にタネも仕掛けもない。魔法で花を咲かせただけなのだから。

「ど、どうですか殿……フィー？」

「間違いない。これは、信じられないが、本当に……、アライネの花だ」

フィーとルドニアが、ひそひそと話し合う。

何を話しているかまでは聞こえないが、仕掛けを探そうと躍起になっているのかもしれない。

「なあ、これって……。アライネの花、だよな？」

「そうですが……」

「君は、この花の貴重さを知って……？」

（あ、やばっ）

アライネの花は、万能薬の素材になる。効能を知っている者からすれば、そこそこ便利な調合素材なのだ。

「ええ。その……。多少は――」

「この花の価値を知っている、か。やはりな……」

私の曖昧な答えを前に、フィーは何やら考え込んでいたが、

「なあ、エミリア。もし君にその気があれば、その力を活かして――」

「何のこと？　これは手品。ただの手品です！」

私は、慌てて方針転換。

それ以上の詮索は許さない、とにっこりと微笑む。

「あ、フィーさんにルドニアさん。一つお願いが！」

（アンナのお友達だから、ついつい見せちゃったけど）

（一応、このことは隠しておいたほうが良いよね）

幸い、向こうは手品だと思ってくれているだろうけど。それでもアライネの花を簡単に生み出せる、みたいな変な噂が広がるのは勘弁だ。

私は、手を合わせると、

「このことは、誰にも話さないでほしいの」

「な⁉　それほどの力を持ちながら――どうして？」

フィーは、面食らった顔で私を見る。

旅芸人といえば、目立ってナンボみたいな商売だ。自分の能力を隠したいという

ことが理解できないのかもしれない。

「何でもだよ。特に――」

「特に？」

「偉い人には絶対に知られたくない。何があっても、国のお偉いさんには、絶対に隠さないといけないんだ」

「というと？」

「そうだね。たとえば……、王子とか！」

「ぶはっ……」

突然、フィーがせきこんだ。

いったい、どうしたのだろう。

「どうしたの？」

「いや、何でもない」

静かに首を横に振るフィー。

「何で王子は駄目なんだ？」

「だって信頼できないし。もし知られでもしたら、絶対にろくでもない目に遭わされるに決まってる」

「ぶはっ……」

力強く言い切る私に、再びせきこむフィー。

本当にどうしたのだろう。

「そういう訳だから……。このことは、ここだけの秘密ってことで」

「あ、ああ。分かった。このことは誰にも言わないさ」

何度か念押しする私に、フィーは苦笑しながら頷くのだった。

《SIDE：フィリップ王子》

俺――フィリップ・ガイアは、さっそく例の少女の情報を集めていた。

付近で聞き込みを続けること数時間。

俺は、一緒にハーブ摘みに行っていたという少女――アンナから情報を得ることに成功する。

「まさか、フローライト家のご令嬢とはな……」

不思議な偶然もあったものだ。

「殿下。それで、どうしますか？」

「自分の目がまだ信じられなくてな。もう一度、見ておきたい」

とはいえ、いきなりアライネ草に花を咲かせてくれ、何て頼んだら不思議に思われるだろう。あくまで旅芸人として、たまたまアンナから話を聞いて興味を持った風を装って。

俺は、まんまと奇跡の少女——エミリアと再び邂逅（かいこう）することに成功する。

（あらためて見ると、本当に美しい少女だな）

それが、再会したエミリアへの第一印象だった。

第一王子という立場上、俺は社交パーティに呼ばれることが多い。我が娘を婚約者に、と着飾った令嬢を紹介されることも数知れず。そんな中でも、エミリアという少女の飾らぬ可憐さは、飛び抜けたものがあった。

もっとも、そんなことは二の次だ。俺がこのフローライトに来たのは、この地に隠された秘密を暴くためなのだから。

そんな訳で俺たちは、アンナの友人である旅芸人として紹介してもらうことに成功した。

無邪気な顔で手品を見せてほしいと頼み込むと、エミリアは困ったような顔で、それでも最後にはノリノリで応えてくれた。

（な、何ということだ）

（本当に、何の気負いもなく咲かせてみせたのか）

目の前の光景が信じられない。

この少女は手品だと言い張ったが、今のは魔法だ。種も仕掛けもない純粋な奇跡――この少女の力は本物だ。

（やっと、やっと見つけた）

（状況を打破する希望の光！）

魔術師が数を減らし、静かな滅びを待つだけだったガイア王国。

この巡り会いに感謝を――そのときの俺の瞳には、異様な熱気がこもっていたことだろう。

まずは王城に招待しよう。丁重にもてなし、その才能を最大限活かせる場所を用意するのだ。そう決意した俺だったが、

「絶対に隠さないと――そう！　たとえば……、王子とか！」

「ぶはっ」

そんな呟きを前に、思わずむせかえってしまう。

（まさか、俺の正体に気がついて⁉）

（いや、そういう訳ではなさそうだが……）

「何で王子は駄目なんだ？」

「だって信頼できないし。もし知られでもしたら、絶対にろくでもない目に遭わされるに決まってる」

何の冗談だと思うような言葉だったが、エミリアの顔はいたって真剣。本気も本気で、そう信じ込んでいるようなのだ。

（何てこった。この子の王族への悪印象はどこから⁉）

（これは……、絶対に正体は明かせないな）

口をぱくぱくさせる俺を見て、ルドニアがくつくつと声を抑えて笑っていた。まったくもって笑い話ではないというのに。

正体を明かして、素直に協力を求める線は消えた。それでも彼女の協力を、素直に諦める気はさらさらない。

「あーあー、殿下。すごい嫌われようですね」

彼女と別れた後、ルドニアがからかうようにそんなことを言う。

「うるさいぞ。だいたい、王子というのも、たまたま偉い人の例として出てきただけで――」

「でも珍しいですね？　殿下が、人――女性からどう思われるかを気にされるなんて」

「おまえは俺のことを何だと思っているんだ……」

俺は静かに嘆息する。

出会いの神聖さすら感じた凛とした空気。

演舞を見て目を丸くしながら拍手する姿も、こちらを見て困った顔で微笑みながら頼み事をしてくる姿も――

（たしかに興味深くはあるが……）

これは、あくまで国を滅びから救うための使命だ。

（ようやく見つけた奇跡）

（そう簡単に諦めてなるものか）

俺は内心で、そう決意する。

――その執着がどこに行き着くのかを知る者は、まだ誰もいない。

二章　エミリア、憧れの錬金術を満喫する

フィーたちと別れて数分後。

「領の将来？」

「うん。何か良い方法を見つけないと、この領の将来はお先真っ暗だよ」

不思議そうな顔をするアンナにそう返すのは、私——ことエミリア・フローライトだ。

政略結婚を回避するために、領の現状をどうにかしなければならない。その思いに突き動かされてうんうん悩んでみたが、妙案など浮かぶはずもなく。はっきり言ってお手上げであった。

（前世の私も、どっちかというと脳筋タイプだったし……）

前線で回復薬が足りない？　ならばその分、回復魔法を極めれば良いだろうの精神だった。

一方、アンナはピンと来ない様子で、

「何で、そんなことをエミリアが考えてるの？」

なんて尋ねてきた。

「何でって」

(ぐ～たら引きこもるため、何て言ったら怒られるよね)

この子、貴族嫌いみたいだし。

「貴族の家に生まれた以上、領のことを考えるのは当たり前だよ」

結果、私の口をついて出たのはそんな言葉。

そんなでまかせの言葉に、いたくアンナは感銘(かんめい)をうけた様子で、

「私、エミリアのことをまだ誤解してた。そんなに真剣に領の未来を考えてたなんて――」

などと感極まったように口にする。

「それならまずは、私が働いてる店のお手伝いをしてみない？」

「嘘⁉　ハーブ摘みだけじゃなくて、アンナってもう働いてるの？」

「うん。私の孤児院、貧乏だったから。早く働いて恩返ししないとだから」

アンナは、そう言って苦笑する。

「あ……、ごめん」

「謝らないでよ。よくあることよ」

両親がすでに亡くなっていること——無神経だったと思わず謝った私だったが、アンナは気にしていないとケラケラ笑う。

「ある日の旅行中にね。モンスターに襲われて、私を庇って……、ね」

軽い世間話のように、アンナはそう口にする。

彼女のなかで、すでに折り合いが付いているのだろう。

「そんなことより、今はエミリアの悩みよ。どう？　うちで働いてみない？」

「ありがたい誘いだけど……、どうして？」

「何かヒントになるものがあるかもしれないし、やっぱり一緒に働くことで見えるものがあると思うの！」

たしかに領主の娘として、見られるものには限界があった。

（実際に、領で働く人との暮らしを経験してみるってことか）

（なるほど、一理あるかもしれないね）

下から上がってくる報告を盲目的に信じていた前世の王子を思い出す。まったくもって良い反面教師だった。

（家でうんうんと頭を悩ませているよりは、よっぽど有意義だよね）

そうして翌日、私はアンナの店の手伝いに行くことになった。

＊＊＊

エルザ商会――それがアンナの働く店の名前だった。

小綺麗な木造の建物で、入り口にはこじゃれた看板が立っている。

「雑貨屋さん？」

「うん。ここではエルザおばさんが作ったポーションとかを売ってるの」

アンナが楽しそうに、私を店の中に引っ張っていく。

小さな店内に、数人の従業員の姿。小さいながらもしっかりと清掃が行き届いており、従業員たちの勤勉さが窺える。

「おかえり、アンナちゃん！　おや、そちらは？」

「一緒にハーブ摘みをしていたエミリア様よ。今日は、お店の手伝いできてもらったの」

ぶんぶんと腕を振り回し答えるアンナ。

「まあ。それじゃあ、この子がアンナの話してた例の――」

「良かったねえ。この子ったらずっと心配してて――」

「余計なこと言わないの！」

何か言いかけた店員を、ぽかぽかと叩くアンナ。

慌ただしく、アンナは商品の展示スペースまで走っていく。

「エミリア、私たちの役目はね――」

お姉さんぶりたい年頃らしい。

(初対面が嘘みたい)

貴族というだけで、最初は敵意をむき出しにしていたアンナだったが、そんな様子はもう微塵もない。わくわくと仕事の内容について話すアンナを、私は微笑ましい気持ちで眺めていた。

(ええっと、やるべきことは――)

(お客さんが手に取った商品のお代を計算して料金を受け取る、か)

簡単に言うと売り子だった。

私は、支給されたエプロンを身につけ、アンナの隣に立つのだった。


やがて、お客さんが入ってきた。

「これ、お願い」

そんな言葉と共に、ハーブを机の上に置く青年。

「最近は、ハーブの質が高くて助かってるよ」

「うちのモットーは、安く、良いものをですので。今後ともご贔屓に！」

アンナは手慣れた様子で会計を行う。

それからドヤッと、得意そうな顔で私を見てきた。

「アンナ、すごい！　何というか接客のプロって感じ！」

「へへん、そうでしょう。そうでしょう！」

嬉しそうなアンナの顔を見ながら、私は商品に視線を移し、

（あれ。これは？）

売られていたハーブには、よくよく見ると私やアンナが摘んだハーブが混ざっていた。しかも微妙に割高である。

なぜ分かったというと、他のハーブの品質が悪すぎたからだ。

「この辺、粗悪品が混ざってる？」

「いやいや。これが普通だから」

私の疑問に、アンナが呆れた目で答える。

私たちが摘んできたハーブはすこぶる好評で、多少、値が張っても良いから使いたいという声が後を絶たないそうなのだ。

そんなことを話していると、続々とお客さんが入ってきた。

（お釣りのセットを用意して）

（あの辺のセットが合わせて一〇〇〇ゴールドだから……）

テキパキとお客さんを捌く私を見て、アンナは目を丸くしていた。

「あ、アンナ。お釣りの計算間違えてる」

「嘘っ!? あ、ほんとだ！」

口をパクパクさせていたが、

「エミリア、あなた経験者？ 何で、そんなに慣れてるの？」

「ちょっといろいろあって――」

「そうなの？ お貴族様って、すごいのね――」

ふぃーとアンナはため息をつく。

（だてに前世でこき使われてないからね……）

前世の私は、前線で補給物資の販売員をやった日もあった。魔力切れで魔法が使えないなら、こっちで働けって――どれだけブラックなんだ。

　そんな日々を思い出して真顔になっていると、

「エミリアじゃないか。また会ったな！」

「ちょっと、いきなり走り出さないで下さいよ。殿――フィー」

　見覚えのある顔ぶれが、店にやってきた。

　フィーとルドニアだ。

「こんなところで、何をしてるんだ？」

「見て分かりませんか？　お店のお手伝いだよ」

「ふ～ん。ここでも〝あれ〟を？」

「やりませんって！」

　すっかり興味を持たれてしまったようだ。

　フィーは、面白がるような眼差しで私を見ている。

　整った顔立ちにパッチリした瞳。フィーたちは、客観的に見て美男子に分類されるのだろう。現に、若い女の従業員からは随分と注目を集めているようだった。私としては、ただただ迷惑なだけだったけど。

（あんまり詮索しないでほしいな……）

　そんな願いは通じず、フィーは私に質問を重ねてくる。

「君ほどの腕前があるのに、どうして店員を？」

(手品……、の話だよね？)

どうも要領を得ないフィーの質問。

「何を言いたいんですか？」

「それだけの力を持っているんだ。力を試したい、とは思わないのかい？」

(やばい、やっぱり何か気がついてる？)

警戒心が三ランクぐらい上がった。

私は、可愛らしく小首を傾げてすっとぼけてみせる。

「何のことか分かりませんが——これっぽっちも」

「俺なら、君が輝ける場所を用意できる。その力、埋もれさせるには勿体ないと思うだろう？」

えらく熱心な勧誘だった。

「何のことやらサッパリ。私は、ただの店員です……、ね？」

「だ、だが……！」

なおも何か言い募るフィーを見て、

「そんなことより、とりあえず何か買いませんか？」

私は、露骨に話題を逸らす。

「それじゃあ、アライネの花を」

「並んでるものから選んでくれます？」

「ちぇっ、駄目か」

ぺろりと舌を出すフィー。

そんな姿も美男子がやると妙に様になっているのが悔しいが、今はさっさと早く帰ってほしい。


「アンナ、ポーションはまだ届かないのかい？」

「それが、まだなんですよ……」

私が、フィーとそんなことを話していると、スタッフルームから深刻そうなささやき声が聞こえてきた。

見ればアンナとベテランの従業員らしきおばさんが、ひそひそとささやきを交わしている。

「エルザおばさん……。さては、またサボってますね」

むむむ、と小さな顔に小皺をよせるアンナ。

何かトラブルだろうか。

「ちょっと失礼――」

私はフィーたちに断りを入れ、

「ポーション？」

アンナたちの元に駆け寄り、小声で問いかける。

「エルザおばさんのポーション――このお店の看板商品なのよ。お抱え職人なんだけど、ちょっと面倒な人で……」

アンナは何やら考えこんでいたが、

「私、ひとっぱしり取りに行ってきます！」

勢いよく手を挙げた。

「わ、私も！」

面倒なフィーの勧誘を避けるため。

私も、しれっとアンナの後をついて席を立つのだった。

＊＊＊

私たちは、エルザおばさんの家に向かっていた。

到着が遅れているというポーションを受け取るためだ。

（むむ……、何でこんなことに――）

私たちの後ろには、にこにこと微笑むフィーたちの姿。

エルザおばさんの家は、裏山の山頂近くにある一軒家だ。フィーとルドニアを撒く気まんまんだったのだが「女性二人の旅は危ないだろう」と言いくるめられ、結局、彼らもついてくることになってしまった。

「エルザおばさんって？」

「お店お抱えの錬金術師なんだ。昔は王宮に勤めていて――」

「錬金術師⁉」

何とも胸がときめくワードだ。

素材と素材を調合して、自在に新たな品を生み出す高度な技術。前世でも、随分とお世話になったものだ。

（アリサ、元気にしてたのかなあ）

思い出したのは、戦友だったアリサという名の錬金術師だ。前線で足りない物資を補うため、随分と無茶を言ったものだ。まあ、それに軽々と応えてみせたアリサもアリサで、大概の天才であった。

(錬金術師、かあ……)

思い出すのは、楽しそうに素材を組み合わせ、ぐるぐると釜をかき混ぜていたアリサの姿だ。

そんな記憶は、一つの気持ちを私に抱かせた。すなわち、

(やってみたい!)

(絶対楽しいでしょ、錬金術!)

というもの。

錬金術には、錬金釜と呼ばれる高価な魔道具が必要だ。残念ながら安給料でこき使われていた前世の私では、とても手に入るものではなかった。

(自作できるようなものでもないしね……)

そんなことを思い出していると、

「エルザおばさん。素晴らしいものを作るんだけど、なかなか難しい人でね……」

アンナは、そんな説明を続ける。

「もともと王都で面倒事に巻き込まれて、フローライトに住むことにしたって話だったし――」

「トラブルに巻き込まれた。エルザ……、まさかな――」

アンナの言葉に、フィーが考え込む様子を見せた。

「どうしたんですか、フィー?」

「何でもない」

私の疑問に、フィーははぐらかすように話題を逸らすのだった。

しばらく歩き、エルザおばさんの住む山小屋に到着する。

こんこんこん、とノックをする私をよそに、

「ごめん下さーい!」

アンナは、当たり前のような顔で錬金工房――エルザおばさんの家に入っていった。

「え、ちょっ――」

「気にしない気にしない。エルザおばさんの寝起きが悪いのはいつものことだから――」

ちなみに時刻は、もうすぐ夕方を迎えようかという頃合いである。

「うげっ、何これ」

「いつもの光景だから。早く慣れたほうが良いわよ」

部屋の中には、怪しげな薬品や素材が散乱していた。

足の踏み場もないぐらいだ。

(そういえばアリサの工房も、こんな感じだったっけ……)

(これも錬金術師の特徴なのかもしれないね)

私が、前世の友達の錬金術師のことを思い出していると、

「う〜ん、うぬぬぬ……」

素材の一角から声が聞こえてきた。

目を丸くする私をよそに、アンナはつかつかと歩み寄っていくと、

「エルザ商会のアンナです！」

「何じゃね、騒々しい……」

「何じゃね……、じゃないですよ。ポーション、今日が納品日ですよ！」

「う〜ん。そうじゃったっけ？」

「とぼけても無駄です！」

腰に手を当てて、ぷんすか怒るアンナ。

「あー、その……。ちょっと腰が痛くてな——」

「じゃあ、この部屋に散らばった失敗作の山は何ですか！」

「それはそれ、これはこれ、じゃ」

ぷくーっとアンナは頬を膨らませた。

どうやら話を聞いていると、エルザおばさんは随分と自由人のようだ。

依頼にあったポーションよりも、思いついた面白そうな調合を試してしまいたくなる扱いづらい人。

（なるほど、なるほどね）

（こういう人は、無理に頼み込んでもやってくれないんだよね）

思い出すのは前世の仕事相手だったアリサの姿だ。

安定を重視した回復薬の量産には、とんと興味を持たず、それでいてちょっとした無茶ぶりには目を輝かせていたっけ。

エルザおばさんがそういうタイプなら、話は簡単だ。依頼の品を、興味の対象と重ねてしまえば良いのだから。

「エルザおばさんの試作品、これ、とても面白そうですね！」

これは紛れもない本心だ。

魔力の省エネ化に、魔力を蓄える装置。部屋の中に散らかっている失敗作は、そのどれもが面白い試みがなされている。

「ふん、どうせ分かりもしないくせに――」

「見れば分かりますよ。たとえばこちらの杖――扱うのが難しい火と風の魔力の親和性を上手く高めようとしたもので……」

（二つの魔力の親和性を引き出すのが、錬金術師としての最初の心得だってアリサも言ってたよね）

（反目(はんもく)属性同士だと難易度が跳ね上がるんだっけ……）

火と風の魔力の組み合わせは、簡単な部類らしい。アリサなんかは鼻歌交じりで、私の杖に仕掛けを施してくれたものだ。

そんなことを思い出していると、

「おぬし、名前は？」

「え？　エミリア、です」

エルザおばさんは、ぐいぐいと身を乗り出してきた。

「エミリアちゃん、君はどこで錬金術の知識を？」

「ええっと、家にあった書物で……」

「書物で、ねえ……」

（ひえぇ、なぜか疑われてる……）

まじまじと私の顔を覗き込むエルザおばさんだったが、

「まあ詮索はしないさ」

深くため息をつき、

「属性の掛け合わせ。錬金術の知識があって――エミリアちゃんは、不可能だとは言わないいんだねえ」

「え、何でですか？」

「ははは、何でときたか――」

私の答えに、エルザおばさんは何が面白いのかひとしきり笑っていたが、

「だって、魔力の掛け合わせなんて――それこそ、かの大錬金術師アリサ様でもないと不可能だよ」

（何かアリサの名前まで現代に伝わってるぅぅぅ!?）

しみじみと呟くエルザおばさん。

一方、私は内心で悲鳴をあげることしかできなかった。

「エミリアちゃん、だね。気に入った――ポーションだね。待ってな、すぐに用意しよう」

「本当ですか⁉」

エルザおばさんの言葉に、アンナが嬉しそうな顔をする。

「エミリア、かっこいい！」

「偶然だよ。エルザおばさんが良い人だっただけだよ」

「こんな素直に作ってくれることなんて、滅多にないもん！」

アンナいわく、ここに来たのは駄目元だったとか。

「じーっ……」

一方、フィーたちは何か言いたげな顔で私の顔を見る。

「な、何ですか？　私はただの店員ですよ？」

「へー、錬金術の知識を持った、ただの店員な――」

（ひぃぃ、やっぱり疑われてる⁉）

（何も変なことしてないのに！）

フィーのじとーっとした目が、私を貫く。

どうしてこんなに興味を持たれてしまったのだろう。

「エミリアちゃん、少しだけ手伝ってくれるかい？」

「へ？　私ですか？」

その時、エルザおばさんから思わぬ声がかけられる。

一瞬、私を観察するフィーのことが気になったが……、

（初めての錬金術！）

（や、やってみたい……）

迷いは一瞬。

「私で良ければ！」

私は、エルザおばさんの頼みをあっさりと受け入れるのだった。


数時間後。

私の目の前には、小ぶりだが本物の錬金釜があった。エルザおばさんのお手伝いをしているのだ。

（うん、色も変わってきたし）

（ここで魔力を少しだけ注いで――）

子供用の鍋スプーンを借りて、釜をかき混ぜるのが私の役目である。

ついに念願の錬金術デビューといったところか。

後ろでは、エルザおばさんが私の監督をしていた。

「で、できました！　どうですか？」

「馬鹿な……⁉」

　エルザおばさんは大げさに驚き、

「どれだけ良い材質のハーブを使っても、たっぷり半日は寝かさないと完成するはずが……！」

「こっちのハーブが原材料で、こっちが反応を早める触媒ですよね。そんなにかからないと思いますが……」

　アリサは、さぼり癖のある錬金術師だった。

　前世の私は、アリサを見張っているうちに、錬金術師の基礎知識だけは身につけていた。もっとも素人は引っ込めと工房内のものを触らせてくれることはなかったので、本当にただ知っているだけだ。

　こうして試す機会があったのは、本当に運が良い。

「あんたって子は本当に――しかも、よくよく見ると、色も随分と透き通って……。エミリアちゃん、ちょっと取ってくれるかい？」

「これですか？　何の変哲もないポーションですよ」

　とりあえず私がポーションを手渡すと、エルザおばさんはしげしげと眺めていた

が、

「やっぱり、かなりの品質だね！」

興奮した様子で、そう叫んだ。

（え、何の変哲もないただのポーションだよね？）

基本的には、エルザおばさんに教わったことをやっただけだ。

触媒（しょくばい）に魔力を通して、できるかぎり均等に広げていく——なんてアリサが口癖のように言っていた方法もついでに取り入れてみたけど、あまり関係ないだろうし……。

「エルザおばさん、もう一回やってみても良いですか？」

「ま、まだやれるのかい？」

「こんなに楽しいこと、一回じゃ止めれませんよ」

そんなこんなで、私は次々とそこら辺に落ちていたハーブを、ポーションに作り替えていく。

素材が合わさり、新しい品物に生まれ変わるという現象。それを自らの手で起こしているという快感。

とても、とてつもなく楽しい作業だった。

（何だか恐ろしく驚かれてるけど……）

（錬金術が好きな子供って、今は珍しいのかな？）

「おまえさん、体は大丈夫なのかい？」

「体、ですか？　何も問題ありませんが……。どうしてですか？」

「いいや、大丈夫なら構わないさ。エミリアちゃんは、よっぽど錬金術の神に愛されてるんだろうね」

（どういうことだろう？）

首を傾げながらも、私は次々とポーションを作り続けるのだった。

三時間後。

「うわっ、作りすぎた!?」

部屋の中には、私が作りすぎたポーションが大量に散乱していた。

適当に落ちていた素材を片っ端から使ったので、とても使い物にならないようなものも混ざっている。

（ひええ。昔から、夢中になりすぎると周りが見えなくなるんだよね）

（ほんと、良くない癖だよ）

「すみません、エルザさんのお手伝いって話だったのに……。すっかり夢中になってしまって」

　恥ずかしい限りだ。

　本当に穴があったら入りたいレベルだ。

「アンナ、この中に使えそうなポーションはあるかな？」

「いやいや、使えそうなポーションっていうか……」

「その通りさね——まったく。こんなものが出回ったら、大騒ぎになるに決まってるだろう」

　……なるほど。

　つまりは問題外ということだろう。

　行き着いたのは知識と実践は違うという当たり前の事実であった。

「そうですよね。さっさと廃棄しましょう」

「「何で⁉」」

「へ？」

　商品にすらならないガラクタがあっても邪魔だろう。しかし私の言葉に、驚いたように返してくるアンナとエルザおばさん。

「エミリア、たぶん君が思っているようなことではないと思うが……」

残念なものでも見るような顔で、フィーが首を横に振る。

「へ？　でも、売り物にはならないってことですよね？」

「それはそうだが……」

不思議そうな顔をする私に、何やら言おうとしていたフィーであったが、

「はぁ……」

やがては諦めたように、ため息をつくのだった。

「エミリアちゃん、アンナちゃん。悪いけど先に帰ってもらえるかい？」

「ほえ？　別に、構いませんけど……」

エルザおばさんにそう切り出され、私とアンナは先にお店に帰らされることになる。

フィーたちとエルザおばさんは、初対面のはずだ。

私が錬金術に夢中になっている間に、すっかり意気投合したのだろうか。

「ごめんね。帰りも送っていければ良かったんだけど……」

「いえ、そこはお構いなく」

そう答えると、フィーは少し寂しそうな顔をした。そんな様子を見てくつくつと笑うルドニア——いったいどうしたのだろう。

「その……、エミリアってすごかったのね」

「アンナには、またお恥ずかしいところを……」

(さすがに調子に乗って、ポーションを作りすぎたのかもしれないね)

(素材！　ちゃんと採取して、後で返さないとね)

私は、そんな決心をしつつ、

「それにしてもフィーたちまで、私たちに先に帰っていてほしいって。いったい、エルザおばさんに何の用があるのかな？」

と首を傾げるのだった。

《SIDE：フィリップ王子》

俺——フィリップ・ガイアが、フローライト家を訪れた翌日。

「店番、だと……？」

俺は、エルザ商会を訪れていた。

エミリアという少女の秘密を探るためである。

(いったい、何を考えている?)

貴族の令嬢が、いったい何のために商会で働こうというのか。

さっぱり狙いが分からなかった。

脳裏には、アライネの花を咲かせてみせた姿が、鮮明に焼き付いている。

エミリアが持っている力は、間違いなく国の運命を大きく左右する。なぜ、こんなところで時間を無駄にしているのか。

そんな気持ちでエミリアの後をつけていた俺は、客観的に見れば……、

「殿下、何してるんですか……」

「言うな」

俺の護衛についてきたルドニアが、呆れ顔で俺を見てきた。

そう言われても、面と向かって会うのは抵抗があるのだ。

王子には知られたくない、と語った怯えた表情。

気がつけば俺は、エミリアという少女が何を考えているのか、もっと知りたいと願うようになっていたのだ。

「その動き、不審者そのものですよ」

「そこ、うるさいぞ」

からかうようなルドニアの声にイラッとした俺は、

「ふん。なら堂々としていれば良いのだろう」

勢いのままに、店に入るのだった。

エミリア、という少女。

見れば見るほど貴族令嬢らしくない少女だった。

感情が素直に表情に出てくるのだ。たとえば、面倒な相手に会うと、露骨に迷惑そうな顔をしたり……。

——そう、ちょうど今のようにだ。

(いくら俺でも、その反応は少し傷つくぞ?)

露骨に顔をしかめるのは、やめてほしい。

薄々、俺たちがただの旅芸人ではないと感づいているのだろうか。

面倒くさそうにしながらも、話し相手になってしまうあたりが、エミリアの性格の良さを表しているようで——

(なあ、君はいったい何を隠しているんだ?)

問いかける俺に、エミリアはいつものように何も考えていなそうな能天気な笑みを浮かべるのだった。

その後、俺たちはエルザおばさんの元に向かうことになる。

エルザおばさんというのは、この商会を興した人間であり、この店に商品を卸している錬金術師らしい。

面倒事を頼まれたというのに、エミリアは終始上機嫌だった。

（ん、待てよ？　エルザ――）

（たしか旧・王国の七盾こと、大錬金術師様がそんな名前だったような――）

一瞬、引っかかりを覚えたが、首を横に振って考えを打ち消す。

（長年、行方不明だったお方が、まさかこんな場所にいるはずないからな）

そして数分後、そんな疑問などどうでも良くなるほどに、俺は信じられない光景を目撃することになる。

「お手伝いですか？　別に構いませんが――」

（エルザおばさんも、エミリアも何を言っているんだ？）

（まったくの素人が、錬金術の手伝いなんてできる訳がないだろう）

エルザの頼みを受け、エミリアは錬金釜の前に立っていた。

――結果的に、その予測は外れることとなる。

不思議と手慣れた様子でエミリアが手に取ったのは、本当にその辺に無造作に置かれていたいくつかのハーブだ。

それをぱらぱらっと錬金釜に投げ込み、

「えーい！」

どこか抜けたかけ声と共に、ぐるぐるとかき混ぜはじめたのだ。

錬金術師とは、国家資格も存在する専門職だ。

当たり前だが高度な技能を要するし、でたらめな材料を放り込んで混ざれば完成するというものではない。

それなのにエミリアは、迷いなくポーションの調合を進めていくのだ。

途中からはエルザのアドバイスを聞くことすらなかった。

「できたー！」

「「はっ⁉」」

錬金釜の中は、気がつけば透き通った美しい液体で満たされていた。

いることか。


「アンナ、ちょっとだけ瓶取ってくれる？」

「え、ええ。あなた、何でもできるのね」

「またまた。大げさだって」

楽しそうに話すアンナとエミリアは、はたして事態の重大さをどの程度理解していることか。

エミリアは、できあがった薬を一通り瓶に詰めた。そのまま疲労を感じさせることもなく、続けて錬金釜に向き直る。

「し、信じられん。アンチドート・ポーション――これ、あらゆる毒への特効薬じゃぞ？　あんなゴミの山から、これほどの量を、どうやって……」

愕然とした表情で、エルザが口を開く。

見ればエルザの手先が、まるで動いていない。食い入るようにエミリアの手元を覗き込んでいるからだ。

（一人前の錬金術師にとっても、その仕事ぶりは異様だというのか）

（エミリア・フローライト――君は、いったい……？）

エミリアの周囲を、淡い光が包み込む。

それは気のせいではない。あの時と同じだ――彼女は、錬金術に対しても魔法を持ち込んでいる。

奇跡のようで、一瞬の三時間だった。


その光景は、突如として終わりを迎える。

「うわっ、作りすぎた⁉」

突如、エミリアが素っ頓狂な声をあげたのだ。

続いて、視線を集めていることに気がついて目を丸くする。

（たしかに、作りすぎだけど……）

（いやいや、ほかにもっとあるだろ⁉）

エルザはすっかり真面目な顔になり、エミリアの生み出した薬を丁寧に棚にしまっていく。高級品のような扱いだが、恐らくその判断に間違いはない。

「エミリアちゃん、アンナちゃん、今日はもうお帰り」

「その……、ごめんなさい。すっかり、夢中になってしまって」

「気にすることはないさ。それで……、錬金術は楽しかったかい？」

「はい！」

曇り一つない無邪気な笑顔で。

「それは良かった。また、遊びにおいで」

「え、良いんですが？」

「ああ。君みたいに優秀な子は歓迎さ」

「げっ。優秀？」

一瞬、嫌そうな顔をしたエミリアだったが。やがて「お邪魔しました」と慌ただしく帰っていく。

そんな様子を、どこか緩んだ表情で見ていた俺たちだったが、

「さて、どこから話したもんかねえ……」

エルザの言葉で、俺たちは本題に入ることを決めるのだった。

＊＊＊

「そちらの二人、どう見てもただの旅芸人じゃないね。何者だい？」

「あなたこそ。結構、変装には自信があったんですけどね——何者ですか？」

剣呑（けんのん）な空気は一瞬。

「不躾（ぶしつけ）なまねを失礼しました。あなたは……、あなた様は、伝説の七盾のメンバー

にして、虹彩の大錬金術師の異名を持つ――エルザ・フォーリング様、……ですよね？」

「そんな大迎な名前で呼ばれたことも、あったかねえ」

エルザは、俺の言葉をあっさりと肯定した。

王国の七盾というのは、王国でも特に優れた技能を持ち、国に大きく貢献した者に与えられる称号だ。

学園を卒業するなりめざましい活躍で、古の時代の錬金術の技能を一部、現代に蘇らせた伝説の大錬金術師――それがエルザ・フォーリングだ。

（王都でのトラブルで、表舞台からは姿を消したと聞いていたが）

（辺境で商会を興していた、というのは本当だったのか――）

伝説の大錬金術師――それは王子である俺からしても、頭のあがらない相手である。

「それで？　そういうおまえさんは、いったい誰なんだい？」

「申し遅れました。私はフィリップ・ガイア――ガイア王国の第一王子であり、この地には極秘任務で訪れております」

エルザの顔に驚きはない。

ただ、そうかい、と一言頷いただけだった。

「それで、本題なのですが……。エルザ様は、あの子――エミリアを、どのように思いましたか？」

「あれは……、天才じゃな。この短時間で、これほどの薬を――それもいったい、どれほどの性能を秘めていることか」

エミリアが作り出した薬を手に取り、エルザは注意深く観察する。

透明な液体――それは、薬品としての純度の高さを示しており、そうは手に入らない性能を秘めていると予測される。

「詳しい性能は、これから鑑定してみないと分からんが……」

「やっぱりエルザ様も、彼女がただ者ではないと考えているのですね」

「当たり前さ。とんだ逸材――こんな辺境の地に収まる器ではないだろう。彼女は間違いなく歴史に名を残す――まったく、まさか生きているうちに、こんな面白いできごとに出会えるなんてね」

その後、エルザは何通かの手紙をしたためた。

エミリアの作った薬品を、いくつか王都の錬金術師の仲間の元に送りつけたのだ。

あまりに画期的で、異質な薬品たち――丁寧な鑑定を依頼するというのも当然の判断だろう。

「もし、これが王都に出回ったら――」

「ふぉっふぉっふぉ。馬鹿なことを言うでない。そんなことになれば……、元々の薬屋には大打撃。下手すれば既存の薬品がすべて淘汰されてしまうじゃろうて」

「なるほど――」

あの少女の作った薬品は、想像以上にやばい代物らしい。

「だから、浸透させていくならじっくりと。あくまで超高級品として、一部の貴族の間にだけ流してブランド力を高める――それがきっと、あの子の役に立つ日がくるじゃろうて」

元・王国の七盾まで上り詰めたエルザには、いまだに王都で動かせる多くの手勢がいる。その彼女がエミリアの腕前に惚れ込み、あわよくばブランド品として広めようとしているのだ。

恐らくは、エミリアの将来の利権を守るために。

（エルザ様が、そこまで入れ込むなんて――）

大錬金術師エルザの持つ逸話は数知れない。

大昔に失われた錬金術の知識が今の形まで復元されたのは、エルザの働きが大きいのは周知の事実だ。

そんな彼女が惚れ込むほどの腕前を持つ錬金術師。

将来的に名を残すのは間違いなく、

（やはり、何としてでも取り込んでおきたいな）

（となれば、一番、確実なのは……）

王族の血筋に取り込む。

きっと父上——国王陛下であっても、そう考えるだろう。そこまで考えて、不思議と心に引っかかるものがあった。

——特に、王子だけは絶対に秘密です！

——ろくな目に遭いませんから！

思い出すのは、必死にそう訴えかけていた少女の姿。

理由は分からない。

分からないのだが、そこまで嫌われているというのは……、

（少々、複雑だな）

エルザの錬金工房からの帰り道。

「なあ、ルドニア」

「何ですか、殿下？」

「どうすればエミリアは、警戒心を解いてくれるんだろうな」

ぽつりとこぼれ落ちた言葉。

その言葉を聞いて、ルドニアは豆鉄砲でも食らったような顔をして、

「殿下も変わりましたねぇ」

なんてしみじみと言う。

「どういう意味だ？」

「だって以前の殿下なら、そんなこと悩みすらしなかったでしょう。悩みといえば……、しつこい令嬢のあしらい方とかでしょうか」

「そこもお互いに苦労したな……」

客観的に見て、俺もルドニアも容姿は悪くない。

それでいて将来が約束されている——ルドニアは、いわば優良株だった。もっともルドニアは、心に決めた相手がいるとすべての誘いを断っていた。軽薄な態度とは裏腹に、とても身持ちが堅い男なのだ。

「そうですね。気になる相手がいるのなら——」

「な!?　そんな話はしていないだろう」

この国のために、どうやってあの少女を取り込むか……、これはそういう話のはずだ。不満が、そのまま表情に出たのだろう。

「まあ、よく悩むと良いんじゃないですか?」

ルドニアは、そんなことを言うと、

「何にせよ、まずは話して少しずつ相手のことを知る——それが大事なんじゃないですかね?」

ぶぜんとした俺を面白がりながら、ルドニアはそんなことを、分かり切ったような口ぶりで言うのだった。

三章　エミリア、競争する

それから数週間が経っただろうか。

私は、ハーブ摘みに、アンナのお店の手伝いと楽しい日々を送っていた。

（それと何より錬金術だよ）

（武器の強化に使えるのは画期的だったよね）

ちょっとした思いつきだったが、良い工夫だったと思う。

もっともエルザおばさんに見せたら、黙って首を横に振られてしまったけど……、まだまだ未熟ということだろうか。

そんな日々をすごす中——、

「エミリア、来週の土の日暇？」

ある日の店番を終え、私はアンナからそんな質問をされた。

「え？　土の日は、部屋で横になって一日ゆっくりするという予定が——」

「なるほど！　つまりは暇なのね！」

「うっ……、そんなところよ。何かあるの？」

輝くような笑みを浮かべたアンナには勝てず。

私が、アンナに続きを促すと、

「いつもエミリアにはお世話になってるから。その……、エルザ商会で慰安旅行が開かれるから、エミリアも一緒にどうかなって」

「……行く！」

引きこもり生活を満喫しようにも、断ったら寂しそうなアンナの顔がちらつきそうだし。

（初めてできたお友達の誘いだし……）

（断るなんて選択肢はないよね！）

そんなわけで私は、アンナたちと出かける約束を取り付けたのだった。

＊＊＊

そして迎えた当日。

「うげっ」

「その反応はさすがに少し傷つくぞ」

集合場所には、なぜかフィーとルドニアの姿もあった。

結局、あの日から、この二人にはずっとつき纏われている。

(というより、絶対に怪しまれてるよね)

(あの日から変なことはしないようにしてきたつもりだけど――

――エミリアの中で、錬金術のあれこれは、ほんのお遊びでしかなかった。まさかそのせいで、フィーがますます疑いを強めていることなど、知る由もないのだ。

「旅芸人なんですよね、お二人共？ そろそろ旅立たないんですか」

「ここにいれば、飽きずに面白いものが見れるからね」

「旅に出たら、もっと面白いものがいくらでも見れますよ」

「君ほど面白い子がそうはいるとは思えないんだけどね」

フィーは、ニコニコとうさんくさい笑みを浮かべる。

(その面白いものに、なぜか私が入ってしまってるみたいなんだよね)

(私は、ただの一般人Ａのはずなのに！)

そんないつものやり取りをしていたら、

「え？ ……ええええぇ!?」

そんな素っ頓狂な悲鳴をあげる者がいた。

というか実の姉である。

「どうしたの、ルルーシェ姉さま?」

「どうしたもこうしたも……、えぇぇぇぇ⁉」

目をまんまるにして、ルルーシェ姉さまはフィーを凝視している。

そんな反応にも特に頓着せず、フィーは静かに人差し指に手を当てて、いたずらっぽく微笑むのみ。

（いつも、のんびりしたルルーシェ姉さまが珍しい……）

（この人、実は有名人なのかな）

こてりと首を傾げつつ、私は馬車に乗り込むのだった。

　慰安旅行には、私やフィーたちだけでなく、妹のリリアや、ルルーシェ姉さまも招待されていた。

「エルザおばさんも来れば良かったのにね」

「年寄りに長旅は厳しいんじゃ……、なんて言われちゃうとねえ――今度、腰痛の薬作ってみようかな」

「それはそれで怒られると思う」

そんなことを馬車の中で話していたのは、私とアンナだ。

ゆったりと景色が流れていく馬車旅は、山小屋にこもっているエルザおばさんにとっても良い気分転換になると思う。

（ええっと、私たちが向かうのはカルロ湖だっけ）

（エルザ商会、儲かってるんだね）

エルザおばさんは、実質的な商会の運営は現オーナーに任せているらしい。

（いただいた恩には最大限報いる――感謝を忘れずに、か）

（エルザ商会のオーナーの言葉、前世の王子共にも聞かせてやりたいよ）

エルザ商会躍進の秘訣は、従業員への良質な教育にある。

従業員の引き抜き対策に、福利厚生が充実しているのも特徴だろう。その取り組みの一つが、今回の慰安旅行だった。

（それで選ばれた場所はカルロ湖）

（不安そうな従業員も多そうだけど……）

目的地となったカルロ湖は、馬車を乗り継いで数時間ほど移動した場所にある美しい湖だ。

空気はおいしく、水面の光が反射して七色に輝き、幻想的な空気を作り出しているという。交通の便さえよければ、観光地としての可能性を感じさせたが、いかんせんここは不人気のフローライト領。

特にカルロ湖は、魔族領のすぐ隣に位置しているのだ。都会に住む人々には、最悪に等しいだろう。

（私は、好きなんだけどね――）

何かあればすぐに戦いに駆り出されていた前世。

豊かな自然の中で、一日ゆっくりできるというのは最高の贅沢だと思う。

「こんな結界の傍で。モンスターは大丈夫なのか？」

ずいずいと山道を進むのを見て、不安そうに切り出したのはフィーだ。ルドニアも馬車から身を乗り出し、警戒した様子で周囲を見渡している。

そんな二人を安心させるように、ルルーシェ姉さまが頷き返した。

「大丈夫ですよ。何せフローライト領は、大聖女エミーリア様の聖遺物に守られていますから」

「げほっげほ……」

「エミ？」

「何でもないです……」

ルルーシェ姉さまは、前世の私の大ファンなのだ。

「フィー、姉さまはエミーリア様の大ファンなんです。だから……、あまり気にしないでいただけると――」

「大聖女エミーリア様の聖遺物⁉」

(ええ……⁉)

ルルーシェ姉さまを宥めようとしていたら、何ということだろう。フィーまで目の色を変えて、その言葉に耳を傾けているではないか。

「ええ。あまたのモンスターを、その威光だけで消し飛ばしたという大聖女エミーリア様が、後世の平和を祈って残したというアーティファクトが、フローライト領を守って下さっているのです!」

「何と! 菩薩のような慈悲の心で隊の者に接し、死者すら蘇らせたという大聖女エミーリア様が残したというアーティファクトが、この地に眠っているというのか⁉」

「ええ。穢れた地などと馬鹿にされた地で我々が生きていけるのは、大聖女エミーリア様の思し召し。決してその感謝の心を忘れてはいけません」

「大聖女の聖遺物――なるほど、それがフローライトの切り札だったということか！」

（やめて！　やめて！）

（人の黒歴史を崇めないで⁉）

ツッコミ役不在の恐怖。ヒートアップしていく二人とは裏腹に、私のテンションは駄々下がりである。

とりあえず私は、威光だけでモンスターを倒すことはできないし、死んだ者を成仏させることはできても蘇生などできはしない。

とはいっても、目を輝かせる二人を止める者はここにはおらず……、

「ねーねー、どうしたの……？」

「何でもない……。ちょっと羞恥心に悶えてるだけだから気にしないで――」

リリアの無邪気な笑みがつらい。

そうしてカルロ湖に到着するまでの間、私は何とも言えない気持ちで馬車旅を楽しむことになるのだった。

＊＊＊

カルロ湖に到着した私たちを迎えたのは、予想外に立派な別荘であった。

「え、ここ⁉　エルザおばさん、すごい人だったんだね」

レンガ造りの立派な壁に、入り口には凝った造形の噴水まである。私たちのような貧乏貴族では、持つことも想像できない豪華な代物だった。

「私も最初はびっくりしたわ」

「エルザおばさんが昔は王都でも有名な錬金術師だったって……。本当だったんだ……」

正直、予想外すぎた。

エルザおばさんがトップクラスの錬金術師なのであれば、今の錬金術のレベルは随分と落ちているのかもしれない。

（そういえば、複合属性の付与が失われた技術って言ってたような……）

（お世辞とかじゃなくて、まさか本当に――⁉）

一瞬、さっと青ざめた私だったが、

（ま、まあ。後で隠しておいてもらえるよう頼めば良いか！）

（まさかこんな辺境から、王都に話が伝わるわけないよ）

などと自分を落ち着かせる。

——すでに王都では、ブランド・エミリアのポーションが流行する兆しを見せているのだが、知らぬは本人ばかりである。

「ふふん、やっぱり初めて見ると驚くわよね」

「何でアンナが偉そうなのよ」

そんなやり取りをしながら、私たちはエルザおばさんの別荘に足を踏み入れるのだった。


「後は若い者だけで楽しんでおいで」

私たちはオーナーの言葉に甘え、早速、カルロ湖に繰り出すことにした。

カルロ湖の傍には、ご丁寧にも更衣室まで用意されていた。

（エルザおばさん本当に何者？　いたれり尽くせりじゃない）

（それにしても本当に良い場所。どうにか観光地として使えないかな）

そんな皮算用をはじめながら更衣室に入った私は、

「エミリア、これちょっと着てみてよ！」

テンションの上がったアンナに、衣装攻めにあっていた。

ノリノリのアンナが、次々と小箱から水着を取り出す。エルザ商会の者として、お友達の分まで最高のデザインの水着を取り寄せてみせる！　と意気込んでいたのは知っていたが、

「ちょっとアンナ⁉　こんなの、どこで手に入れたの⁉」

「へへん。これ、王都で最先端のデザインなんだから！」

「そうかもしれないけど……、これはまだ私たちには早いっていうか……」

リリアはピンと来ない様子で首を傾げていたが、ルルーシェ姉さまなど、顔を真っ赤にしてうつむいている。

王都の最先端のデザイン。それは胸元をちょっとだけ隠すタイプの、抜群のボディを持つお姉さんが身につけるような刺激が強すぎる代物で——つるぺたボディの私たちが挑むには、ちょっぴり早すぎるものだった。

「ねーねー、着る〜！」

「ちょっとリリには早いかなあ」

「まあまあ。大人の道もまずは一歩から！」

「やめて⁉　寂しいことになるだけだから」

悲しいほどにサイズが合わない。

想定している体型と――特に胸のあたりが――違いすぎるのだ。

（無理して身につけたら、波に流されるのがオチ！）

（大事なお友達の心に、一生ものの傷を残す訳にはいかないよ）

張り切って用意してくれたアンナには悪いが、ここは冒険する場面ではないと思う。そんな私の気持ちが通じたのか、ルルーシェ姉さまがこんなことを言いだした。

「そういえばエミ、何か頑張って用意してたわよね」

「ど、どうしてルルーシェ姉さまが知ってるんですか⁉」

初めてのお友達との旅行。

私だって楽しみで、今日に向けてこそこそと用意していたものがある。

「こんなこともあろうかと……。じゃーん！」

「「「おぉ……？」」」

私が持ってきたのは、前世の記憶を頼りに錬金術で再現した、上半身を布で覆いきるタイプの水着だ。ワンアクセントとして、真ん中には前世で私が従えた可愛らしい聖獣を編み込んでいる。

このタイプの水着は、前世の学園で使われていたはずだ。

学園で身につけているということは、これぐらいの年代で身に纏っている人がもっとも多いということ。これ以上ないほどに無難な選択。

私が自信満々で取り出した一品は、

「それ、正気なの？」

「ねーね、何それ？」

「それはちょっと――」

「ふぐっ」

ばっさりと切り捨てられる。

「特に、その真中の妖怪がちょっと……」

「え？　可愛いと思わない？」

「「「え……」」」

残念なものを見る目で、私を見るアンナたち。

悲しいことに私の生み出した水着は、この場では大不評のようであった。

（ぬぬぬ。何でだ……、動きやすいように材質には気を使ってるのに）

（ついでに、こっそり浮きやすい補助術式まで使ってるのに！）

「せっかく殿――じゃなかったフィーさんたちが来てるのに。もっとアピールしないと！」

さらには、ルルーシェ姉さまが妙なことを言い出した。・

「アピール？」

「ええ。フィーさん、どう見てもあなたに興味津々じゃない」

「それは、そういうのじゃなくて……。面白がられてるだけというか――」

思わずムスッとしてしまった私に、アンナからも生暖かい目が向けられる。

（何でアンナまで⁉）

（これは……、妙な誤解が生じている！）

「何にせよ！　私は、旅芸人になるつもりなんてありません！」

私の力強い宣言に、

「殿――フィー。先は長そうですね……」

などと小声で呟き、ルルーシェ姉さまは目を伏せるのだった。

「悪いことは言わないから、こっちの水着にしておきましょう」

「え～……」

ルルーシェ姉さまの静かな微笑みを受けて、アンナが用意した水着は更衣室に封印されることになった。紐状の水着を見て、アンナも「王都の人たちヤバイね……」と頬を引きつらせていたので、たぶん誰にとっても幸せな結果になったことだろう。

（せっかく今日のために用意したんだし）

（私はこれを使うよ！）

ちなみに私は、当初の予定どおり自作した水着を着用するのだった。

そうして水着に着替えた私たちを迎えたのは、

（おおお……）

（さすがは、フィーとルドニア）

分かってはいたが、すさまじい美男子っぷりだった。

まずは何より顔が良い。何を着ても憎らしいぐらいに着こなすフィーであったが、それは簡素な水着であっても例外ではない。

引き締まった上半身をより際だたせる結果となり、ここに店員がいれば黄色い悲鳴が飛び交ったことだろう。

そんなフィーは、私の元に歩いてくると、

「君、本気でそれを使うの？」

「酷い、フィーまで！」

（もしかしてみんな、水着に関しては節穴？）

エルザおばさんの錬金工房で、設計コンセプトから懇切丁寧に説明して、完成までずっと見ていたはずなのに。

「見れば分かります。泳ぎにおいて右に出るものがいない機能美――すぐに証明してみせましょう」

「いや、そういうことじゃなくてね――」

フィーは、じとーっとした目で私を見ていたが、

「いや、せっかくだし競争しようか。それも面白そうだ――君は、本当に飽きさせないね」

「また、そうやって面白がって……」

そうして私とフィーは、湖で競争しようなんてことになるのだった。

「対岸まで先に着いたほうが勝ち。そのルールで良いんだね」

「オッケーです。私の水着の機能美、絶対に認めさせてあげます」

対岸までの距離は数十メートルといったところだろうか。

「そもそも、そこは疑ってもいないんだけど――」

ぶつぶつと呟くフィー。

「じゃあ、ルドニア。合図をお願い」

「は、はあ。本気でやるんですか？」

「何だか分からないが、勝負をもちかけられた以上、受けない訳にはいかないからな」

「まったく誰に似たのやら。フィーは昔から無駄に負けず嫌いでしたからね」

一方、私の元にはアンナが寄ってきて、

「ちょっと、エミリア。あなた、泳げるの？」

「たぶん」

（一応、泳ぎなら前世で経験あるし）

「はあ。泳ぐ機会なんてほとんどなかったと思うけど……あなた、本当に何でもできるのね――」

「ぐ、偶然だよ」

問われてそっと目を逸らす。前世の感覚がなかなか抜けないが、この年で泳げるのは珍しいのかもしれない。

(危ない危ない)

(下手に目をつけられるようなことが、ないようにしないと!)

私は、そう心を新たに決意する。

(まあ、それはそれ!)

(悪いけどこの勝負、勝たせてもらうよ)

そうして私とフィーは、カルロ湖で競争に臨むことになった。

そうして競争がはじまったが……、

(ぐぬぬ……。この体で泳ぐのは初めてだからね)

私の泳ぎでは、見よう見まねでどうにか進んでいくのがやっとのところ。

一方、フィーの泳ぎは、見事の一言であった。力強い泳ぎで、みるみる私を引き離していく。

「どうした、そんなもんか?」

ちらりとこちらを振り返る余裕まであるようだ。

得意げなフィーの顔を見て、

(このまま負けるのは癪だね)

ちょっぴりムキになった私は、全身の魔力を水着に通す。

組み込まれた風属性の術式が起動し、私に推進力を与えてくれた。

(私は、私の領域で！)

(バカ正直に付き合う必要はないからね)

フィーは、驚いたように目を見開く。

(ふふ、驚いてるね)

(でもズルとは言えないよね)

私が泳ぐのは、水着の性能を示すため——最初に言った通りだ。

風魔法の補助を受けた私は、みるみるフィーとの距離を詰めていく。そうして湖の半分ほど来た場所で、ついにフィーに追いついた私だったが、

「えぇ⁉」

「まさかズルいとは言わないよね」

「どんだけ負けず嫌いなの⁉」

何とフィーは、魔法を使ってきたのだ。

体を強化する簡単な補助魔法であったが、効果はてきめん。みるみる加速してい

くフィーに、私は為す術もなく引き離される、ということもなく――

「そっちがその気なら！」

　この位置なら、たぶんフィーからしか見えないだろう。

　フィーなら無闇に他人に話したりもしないだろうし、だいたい話したところで信じる者もいないだろう。

（同じ身体強化魔法で対抗するのも芸がないよね）

（それなら！）

「な⁉」

「まさかズルいとは言わないですよね？」

「いや……、それはそうだが――えぇぇぇ⁉」

　私が発動したのは、水流を操る簡単な魔法だ。

　自分の背中を押すように、そしてフィーのことは妨害するように。はたからは分からない程度に、少しだけ湖に水流を生み出したのだ。

　それだけなら、勝負を分けるほどの力は持たなかっただろう。

　けれどもフィーと私では、致命的に違う点が一つだけ存在した。すなわち自らの力で進むか、水着の力に頼って進んでいたかという点だ。

体力を消耗していたフィーは、終盤で大きく失速することになる。

一方、私はまだまだ魔力には余裕があり——

「どうですか！　これで、この水着の性能分かりましたよね？」

ほんの数秒、私はフィーよりも早く対岸にタッチすることに成功したのだった。

《SIDE：フィリップ王子》

俺——フィリップ・ガイアは、不思議に思う。

（何で俺は、この慰安旅行についてきたのだろう）

アンナという少女に誘われたときのことだ。

普段なら迷わず断っていただろう。公務をほっぽりだして、遊びに向かうなどあり得ないことだからだ。

（いいや、これも公務のようなものか）

（フローライトの秘密に迫るには、エミリアと行動を共にするのが一番だからな）

半ば、自分に言い聞かせるように。

俺はエルザの企画した慰安旅行に護衛としてついていくのだった。

その日から、エミリアはますます錬金術に夢中になっていた。

何でも旅行で使う水着を、自作するらしい。

「駄目です！　それは当日お披露目してからのお楽しみ！」

「本気でそれを使う気か？」

それは不思議な形状をしていた。

一見、王都の学園で使われている水着に近いが、妙に古風なのだ。おまけにエミリアに妙なこだわりがあるのか、真ん中には不気味な犬のモンスターの姿が描かれている。

本人は、デフォルメした聖獣様だと言って得意げな顔をしていたが……、どうやらエミリアの美的センスは、少々常人とははずれているらしい。

「さては馬鹿にしてますね。当日、びっくりさせてあげますよ」

「まあ楽しみにしておこう」

微妙な顔をしてしまいつつ、どこか楽しみにしている自分もいて。

（ああ、そうなんだな……）

もちろん、フローライトの秘密を探るという目的を忘れた日はない。

けれどもそれ以上に、俺はエミリアの楽しそうな姿を見るのを楽しんでいたのだろう。

そうして迎えた慰安旅行の当日。

エミリアの姉がこちらの顔を知っていたなどというトラブルもあったが（黙っていてくれているようニッコリと微笑みかけた）俺は、とんでもない事実を聞くこととなる。

「大聖女エミーリア様の聖遺物⁉」

（聖女様が残したアーティファクトが、この地に眠っている！）

（そうか、そういうことだったのか――）

それは喉から手が出るほど欲しかった情報だった。

ようやくその答えを見つけたというのに、俺は少しだけ寂しい気持ちを抱いてしまう。なぜなら……、

（秘密が分かったのなら……、ここにはもう用はないか）

どうしてこんな気持ちになるのだろう。

それはきっと、目の前の少女のせいだ。

「げほっ、げほっ」

大聖女エミーリア様の名前が出たとき、この少女はむせた。

それから恥ずかしそうに俯くのだ。

（何なんだ、この反応は……？）

（たしかに身内が、熱心な聖女ファンだというのは恥ずかしいかもしれない。けれども、この反応はまるで――）

――噂されている本人が、いたたまれなくなって俯(うつむ)いているかのようで。

（何て、そんな馬鹿なことあるはずがないな）

（俺もどうにかしてしまっている）

首を振り、俺はよぎった思考を頭から追い出すのだった。

そうして到着したカルロ湖にて。

「フィー、準備は良いですか？」

「あ、ああ」

（どうして、こうなった？）

気がつけば俺は、エミリアと競争することになっていた。

王になるためには、誰よりも優れた結果を残し続けなければならない。そうでなければ国民は不安に思うし、王は誰よりも強く、この国の希望であり続けなければならない――俺はそう考えていた。

だから真正面から勝負を挑まれれば、それが誰であっても真正面から叩き潰す。そう思っていた、なのに……、

「めちゃくちゃなフォームなのに、何であんなに速いんだ⁉」

妙に自信満々だったエミリアは、一見、ただの素人に見えた。

王家の教育カリキュラムには水泳も組み込まれていたし、負ける訳がない。そう思っていたのだが、

（あれは……、風属性の補助魔法の付与？）

（浮力と推進力を与えているというのか⁉）

魔術師が育たないはずのフローライト領で、なぜあのような者が生み出されるというのか。

もっとも今にはじまったことではない。

ひとえにエミリアという少女が規格外なのだ。

いつの間にか追いつかれている。

俺はムキになって、気がつけば補助魔法を自身にかけていた。

（いずれ俺は国を守っていくんだ）

（こんな女の子相手に負けるなんて、許されるわけがない！）

強い魔術師は、この国では様々な特権を得る。それは魔術師こそが国の希望足り得るからであり、無様な敗北は許されない。

きっとエミリアから見れば、何が起きているかすら分からないだろう。

（卑怯だと笑いたければ――）

そうして振り返った俺は、あらためて驚愕に目を見開くことになる。

「なっ――⁉」

エミリアは、笑っていたのだ。

間違いない。何が起きたかをしっかりと理解している。それだけでなく――

（嘘、だろう……⁉）

そのときの衝撃は計り知れない。

わずかな魔力を帯びた水流が、俺の行方を阻んでいたのだ。先頭を走る俺を妨害するかのように……、それは人為的に作られた水流だった。

一方、向こうは水流の後押しを受けるように加速しているではないか。

（何が穢れた地、だ）

（凄腕の魔術師が、目の前にいるじゃないか⁉）

「まさかズルいとは言わないですよね？」

「いや……、それはそうだが――えぇぇぇ⁉」

そこからの試合展開には、反省点は大いにある。

まっすぐに前だけを向いて手を動かせば、後れを取ることはなかったかもしれない。水流を強引に捻じ曲げることもできただろう。

しかし動揺した俺は、何もできぬまま、気がつけばエミリアに逆転を許してしまったのだ。だが、そんなことすら気にならないほどの新発見――

（エミリア、君はいったい？）

間違いなく魔術師だ。

それも天賦の才を持つダイヤの原石。

ガイア王国としては、何としても彼女の力が欲しい。しかし、同時に思い出したのは、

（でもこの子は、偉い貴族に力がバレるのを恐れていたな……）

俺はこれから、どうするべきか。

真剣に考え込む俺の気苦労など、エミリアは知る様子もなく、

「どうですか！　これで、この水着の性能分かりましたよね？」

彼女は、無邪気な顔でそんなことを言うのだ。

無性に腹が立った俺は、思わずぷいっと顔を背けるのだった。

《SIDE：エミリア》

（やってしまった……）

私――エミリア・フローライトは、内心で頭を抱えていた。

負けず嫌いは、前世からの悪い癖だ。特に今回など、わざわざ魔法を使ってまで勝ちにいく必要はなかっただろう。

そして相手も、恐ろしいほどの負けず嫌いだったようで――

（やっぱり、魔法を使うのはずるかったかな……？）

フィーは、むすっとした表情で顔を背けてしまった。

「あの、フィー。その……、見事な泳ぎでしたよ」

「それはどうも。それより君が途中で使った……、あれは？」

あれ、というのは魔法のことだろう。

「さ、先に魔法を使ったのはフィーではありませんか」

「別に責めてる訳じゃない」

「え？」

「だけど……、この穢れた地で君ほどの魔術師が育っているなんて。いったい君は、何者なんだい？」

（やばっ！）

ふと父の書斎で、ルルーシェ姉さまと読んだ歴史書の内容を思い出す。

そういえば今の時代、魔術師自体が随分と貴重であると書かれており――

「さ、さあ？　マホウ？　いったい何のことでしょうか？」

「言いたくないなら構わないけどさ」

フィーは静かに目を逸らすと、

「それでも……。力を持って生まれたなら、その力を正しく振るうべき――俺はそう思うな」

何て言うのだ。

しみじみと実感のこもった言葉。

何か背負うものがある者の言葉。それは決して、ただの旅芸人として気楽に大陸中を旅している人間の口から出るものではなくて――

（ううん。フィーが何者かなんて関係ない）

（フィーは、たまたまこの地に立ち寄った旅芸人。それで良い）

面倒事に首を突っ込む趣味はないのだ。

（だいたい、力を持って生まれたなら、その力を振るうべき――ですか）

（随分と好き勝手なことを言いますね）

思い出すのはボロ切れのように捨てられた前世の記憶だ。

今生でも人柱のように働けというのか。

力を持って生まれたから。

死ぬまでこの力を使って、また国のために戦えというのか――そんな生き方は二度とごめんだ。

「立派な考え方だと思います。だけども、そうして尽くして――あなたはいったい何を得るんですか？」

「得るものなど無くて良い。力なき民を守ること――それは力を持って生まれた者の義務だろう」

「そうして無茶して……、それで死ぬ直前になって気がつくんです。誰も感謝なんてしてないし、ただ良いように使われてただけだって。あなたを縛るものが何なのか分かりませんが――さっさと捨てたほうが良いですよ。そんなもの」

　吐き捨てるような言葉。

(いけない)

(つい感情的になっちゃった)

思わぬ反応を見せた私を、フィーはまじまじと見てきた。

瞳にわずかに宿るのは、非難するような色。

きっと話は平行線。フィーは何とも言えない顔をしていたし、それでも私だって言葉をあらためるつもりはなかった。

　そんな空気を変えるように、

「やっぱりそんな考えの君に負けたままでいるのは、納得できないな。エミリア、もうひと勝負といこうか」

　何て明るい声でフィーは切り出し、

「良いですね。ただし次は魔法はなし……、純粋な泳ぎだけの勝負といきましょうか」

「なら君の水着はずるいんじゃないか？」

「は？　脱げと……？」

さっと腕を抱く私を見て、

「何を想像してるんだ……」

フィーは呆れ顔で首を横に振り、

「教えるさ、泳ぎぐらい。色々と迷惑をかけたお詫びに——いくら優れていても、やっぱり君のそれは……その、前衛的すぎるんだ」

などという。

（さり気なくディスってきますね！）

（まあ、良いですけど——）

この良さが分からないなんて可愛そうに。

そんなことを思いながら、私は皆が待つ岸まで再び泳いで帰るのだった。

＊＊＊

その後、私は、フィーから泳ぎを教わることになった。

ちなみにアンナは、ちゃっかりルドニアから教わる約束を取り付けていた。

「驚いた。君、泳ぎは本当に素人だったんだね」

「ええ。すべて水着の性能ですが何か？」

ついでに言えば泳ぎは我流で、誰かに教わったことなどない。

最初こそ驚いていたフィーであったが、その教え方は的確だった。

「余計なところに力が入ってるね。足はもっとまっすぐ伸ばして、足で水を叩いて進む——そう、そんな感じ」

（むむ……、不本意ながら、たしかにそのほうが効率が良い）

（フィー、教えるの上手かったんだね）

ぷかーっと不格好に浮きながら、じたばたと足を動かすだけだった私だが、少しの間で見違えたようにスムーズに泳げるようになっていた。

ぷはっと水面から顔を出した私を、フィーが至近距離で覗き込む。きらきらした笑みを浮かべるフィーの髪からは、水が滴って絵になっていた。

「飲み込みが早いな。だいぶ上達したじゃないか」

「おだてても何も出ませんよ？」

「どうだい、もうひと勝負」

（うっ、フィーの顔が眩しい――）

本人は何の気なしにやっているのだろうが、なかなかどうして眼福である。

（まったく……）

（何て無防備な――）

この天然の女たらしめ。

私は内心で、そんなため息をつくのだった。

四章　エミリア、聖獣になつかれてしまう

何事もなく進んでいたエルザ商会の慰安旅行。

そんな中、とんでもないことを口にする者が現れた。

「へ？　大聖女エミーリア様の聖遺物を見に行きたい、ですか？」

「ああ。やっぱり我慢できない――伝説の聖遺物がすぐ傍にあるのに、この目で見ることができないなんて！」

……フィーである。

ルルーシェ姉さまと意気投合していた様子から分かるとおり、フィーはなぜか大聖女の聖遺物に興味津々なのである。

「浅い場所といっても、魔族領にあります。さすがに殿――あなたを危険な目に遭わす訳にはいかないので……」

「ぬぬ。護衛ならルドニアもいるぞ」

ルルーシェ姉さまは、渋い顔をしていた。

もちろん私も反対である。私の名を冠した聖遺物（黒歴史）なんて、ぶっちゃけ人目についてほしくないというのもある。

何より魔族領に足を踏み入れるのは、危険だと感じたからだ。

（結界、かあ）

（様子を見ておきたくはあるけど……）

私は、父の書斎で読んだ歴史書の内容を思い出していた。

人間の領地と魔族領は、結界と呼ばれる薄い膜により隔てられているという。前世で私も、結界を張る儀式に連行された記憶がある。ちなみに今は、結界の整備はその土地の魔術師の仕事となっているらしいが、

（結界の綻びからモンスターが侵入して、人々を襲っている……、か）

結界の技術は完璧ではない。おまけに魔術師は数を減らしており、結界を整備するだけでも一苦労だという話だ。

そんな中、フローライトの地は、大規模なモンスターの襲撃は許していないという。

当然、魔術師のいないフローライトが結界の整備などできているはずもなく、時おりモンスターが現れはするものの、こうしてフローライトが平和を保っているの

は謎だった。

ルルーシェ姉さまは、それを大聖女の聖遺物のおかげだと鼻息を荒くしていたが、私としては……、

（あの黒歴史にそんな効力あるわけがない）

断言できる。

あの程度で防げるなら、前世の私は過労死していない。

（聖遺物なんて眉唾もの――ちょっと調べる必要があるね）

平穏な引きこもりライフは、安全な場所でこそだ。

ある日、起きたらモンスターに襲撃される可能性があるのでは、おちおち眠ってもいられないではないか。

そんな考え事をしていると、

「駄目なものは駄目です！　その代わり今度、秘蔵の大聖女エミーリア様についてまとめた伝記をこっそり渡しますから」

ルルーシェ姉さまも、良い感じにフィーを説得しつつあった。とりあえずその伝記は、九割嘘なので燃やしたほうが良いと思う。

「よし乗った！」

（何で⁉）

「フィー、大聖女エミーリア様に興味が？」

「ああ。子供のころに、その武勇伝に憧れて……今でも諦めきれず、公務――じゃなくて旅の途中で、その噂を方々で集めるのが趣味でね」

「ごほっ、ごほっ――」

とても嫌なことを聞いてしまった。

「どうした、エミリア？」

「な、何でもありません……」

「そうか？　聖遺物の噂はあちらこちらで聞いたが、これほどまでに信憑性が高いのは初めてだ。どうにかこの目で見たいと思っていたんだけどな……」

しょんぼりするフィーを見て、少しだけ気の毒に思いつつ。

（このまま何事もなく終わりますように！）

私はそう願わずにはいられないのだった。

その後の慰安旅行は、夜までは何事もなくすぎていった。

疲れきっていたのか、アンナや妹のリリアなどは、部屋に入るなり早々に丸くなり眠ってしまった。

（リリ、もともと体が強いほうでもなかったしね）

アンナと仲良さそうに丸まって眠るリリアは、とても幸せそうだった。

一時期は病弱で、まともに家の外に出られなかったのが嘘のようだ。

（一度慣れてしまえば、魔力量が多いのはむしろ武器になる。将来は立派な魔術師になるかもね）

（あれ？　でもフローライトでは、魔術師が長年輩出されてないんだっけ？）

リリの将来に期待しながら、私は違和感に襲われる。

（まあ、気にしても仕方ないか）

柄にもなくはしゃいでしまって、くたくただった。

私も眠りにつこうと思って、

（…………ん？）

（げっ、この気配は――）

むくりと起き上がる。

念のため別荘の周りに、簡易的な結界を張っておいたのだ。害敵の侵入を知らせるための簡単な工夫で、外で寝泊まりするときの前世からの習慣だった。

しかし今回探知に引っかかったのは、外からの侵入ではない。その逆、中から外に向かうもので――

(この時間に外に出るなんて……)

(まさか、まさかね――?)

脳裏によぎったのは、聖遺物に異様な執着を示していたフィーの姿だ。

嫌な予感に襲われながら、私はこっそり部屋の外に出るのだった。

(思い違いだったら良いんだけど……)

まず私がやったことは、フィーたちが部屋にいないことの確認だった。

「やっぱり……」

淡い希望と共に部屋を覗き込んだが、もぬけの殻であった。

「エ、エミ⁉　駄目よ。夜這いなんてはしたないこと――」

「ルルーシェ姉さまは何を言ってるんですか」

ばったり出くわしたルルーシェ姉さまにジト目で返しつつ、

(フィーとルドニアが、部屋を抜け出したのは事実)

(本当に魔族領まで、聖遺物を見るために向かってしまったの?)

私は顔に手をあてて考え込む。

そんな無茶はしないと信じたいけれど、キラキラと目を輝かせていたフィーの姿を思い返せば、決して否定できることでもなく……。

「ルルーシェ姉さま。私、少しだけ出てきますね」

「なっ⁉　エミ……！　馬鹿なことを考えないで⁉」

ぎょっとした顔で目を見開くルルーシェ姉さまだったが、私はもう身を翻（ひるがえ）して走り出していた。

＊＊＊

（誰かがフィーを止めてくれてれば、と思ったけど……）

（不自然なぐらいに、みんな寝静まってるね）

真夜中の別荘は、不気味なほど寝静まっている。

見つかったら部屋に戻るよう諭されるのがオチだ。私は身を隠しながら別荘の中を突き進み、ようやく建物の外に出ようとしたところで、

「エミリア、どこに行くつもり？」

そう声をかけてきたのはアンナだ。

「ちょ、ちょっとトイレに――」

「トイレならさっき行ったでしょう。どれだけ嘘が下手なのよ……」

アンナは肩をすくめると、

「行くんでしょう？　フィーを探しに」

なんて言い出すのだ。

その瞳は、私を一人で行かせるつもりはないと言っているようで。

（なっ、アンナったら……）

（魔族領がどれだけ危険なのか分かってないの⁉）

「アンナ、フィーはたぶん魔族領にいる。聖遺物を見るために……、そんな危ない場所にアンナを連れて行く訳には――」

「馬鹿にしないで。それを言うなら、エミリアだって同じでしょう」

そう言いながら、アンナは唇を尖らせた。

「もしエミリアが、一人で行こうとするなら――ここで大騒ぎするわ」

「え？」

「みんなが起きてきたら……、困るでしょう？」

そう言いながら、ふふんと笑うアンナ。

冗談めかした言い方をしているが、アンナが私の身を案じているのはたしか。

（考えてる時間はないか）

（まったく、アンナだって怖いでしょうに――）

私は、素早く思考を巡らせる。

この体でも、最低限は戦えると思う。私ともう一人――アンナを守るくらいなら、たぶんどうにかなるはずだ。

「分かった。アンナ、その代わり絶対に私から離れないで」

「む～、エミリアこそ何か無茶しないでね」

私のほうがお姉さんなんだから！　なんていう声を背中で聞きながら。

私たちは、夜のカルロ湖に向かって歩きはじめるのだった。

＊＊＊

私は、魔力痕を辿りながら、夜の森を進んでいく。

（フィー、すごい魔力……）

少し集中するだけで、くっきりと魔力痕を感じられた。

嫌な予感は的中し、本当に魔族領に向かっているらしい。

しばらく歩き、やがて――

「エミリア、本当に入るの？　だって、ここを越えたら――」

アンナの不安そうな声。

私の目の前には、白い光の膜――結界があった。

(うわ……。こんなの、ほとんど意味を為してないじゃない)

(どうして、この領は無事だったんだろう)

ちらりと見ただけで分かる結界の状態。

ほとんど整備されていないのだろう。かろうじて形を保っているだけで、モンスターが体当たりしてきたら、一瞬でぶち破られることだろう。

「フィーたちは、本当にこんな奥に？」

「うん。そうだと思う」

「それも勘？」

「うん」

いくらアンナにでも明かせないことはある。

言葉を濁す私の瞳を、じーっと覗き込んでいたアンナだったが、

「ここまで来たんだもの。行きましょう」

と先陣を切るように歩き出すのだった。

（ここで待っていてほしい、なんて今更の話だし）

（一緒に来てもらったほうが安全だよね）

私とアンナは、そうして魔族領に足を踏み入れる。


夜の魔族領は、ただただ不気味としか言いようがなかった。

明かり一つなく、周囲の木々は不気味に葉を揺らしている。ぐるるる、ととききおり野生のモンスターの唸り声が響いており、そのたびにアンナが後ろで威勢がいいことを言っていたが、結局怖くなってしまったらしい。びくりと震えるのが伝わってきた。

「大丈夫、いざとなったら私が守るからね！」

「アンナこそ、足元には気をつけて」

アンナは涙目になりながらも、そう励ますように声をかけてきた。

モンスターのうろつく真夜中の森。

怖くないはずがない――それでも恐怖を押し隠し、こうして他人を気遣う優しさを見せること。それがアンナの強さなのだろう。

（油断はしない）

（私が、アンナを守らないと――）

モンスターの気配を察知しながら進むことで、戦闘を避けることには成功している。それでも、絶対なんてものはない。

私は気を引き締めて、暗闇に閉ざされた森の中を一歩ずつ進むのだった。

そうして数十分ほど進み続け、

「フィー、ルドニア！　やっと見つけた！」

「な――エミリア⁉　どうしてここに⁉」

ついに私たちは、フィーたちに追いつくのだった。

＊＊＊

フィーとルドニアが構えている剣には、モンスターの返り血が付いていた。

どうやら彼らは、何度かモンスターと交戦したらしい。二人に傷一つないことを確認し、まずはホッと安堵のため息をつく。

「どうしてここに、はこっちのセリフだよ。こんな真夜中に魔族領に入るなんて……、いったい何を考えてるんですか！」

「君こそ。もしモンスターに襲われたら、どうするつもりだったんだ！」

フィーは、こちらを非難するような口調で言い返してくる。心配するぐらいなら、夜中に別荘を抜け出すなんて方法を取らないでほしい。

「さあ、戻りますよ。フィー」

「悪いがそれはできない。俺は何としても、大聖女の聖遺物を見つけ出さなければならないんだ」

「何でそんなに頑固なんですか」

フィーの腕前がたしかなのは間違いないのだろう。こうしてモンスターを何度も返り討ちにしているのだから。

だとしても人間、死ぬときなんて一瞬だ。

どれほどの強者だって、命を落としてしまえばおしまいだ。死んでしまえば、誰にも治療することは不可能なのだ。

「なあエミリア。別荘まで送っていくから、そしたら何も見なかったことにして

「――」

「要は聖遺物さえ見れれば良い。そしたら戻ってくれるんですね？」

何かを言い出したフィーを遮る。

だってそれは、聞けない要求だからだ。

「あ、ああ。それはそうだけど……」

「二言はないですね」

フィーは静かに頷くと、

（気は進まないけど……）

（いでよ、黒歴史！）

それが近くに埋まっていることは分かった。

一応、その作りかけの魔道具の持ち主だからだ。

場所さえ分かれば、魔力を辿って呼び寄せることも可能。まさかアリサと遊び半分で作った魔道具が、後の時代にこんな扱いをされているとは、夢にも思わなかったけれど……、

「「「うそっ⁉」」」

すっぽりと私の手に収まったのは、水鉄砲を改造したマスケット銃だ。

弾を込めれば撃つこともできると思うけれど、ぶっちゃけ直接魔法をぶっ放したほうが早い不良品。できれば破棄して、二度と表舞台に出てきてほしくはなかったけれど、

「これが例の聖遺物です。さあ、見たらさっさと戻りましょう」

フィーたちは、ぽかーんと口を開いていた。

（ううっ、必要に駆られてやったことだけど……）

（面倒なことになりそうだよ）

頭が痛い問題だった。

未知の魔道具を呼び寄せることなど、普通は不可能。

言うなれば私が、もともとこの銃のことを知っており、さらに言えば利用者登録を済ませていたということで……、

（フローライト家で管理しているから、呼び出せたことにしようかな）

（ルルーシェ姉さまのことも説得しないと）

先のことを考え、少しだけ憂鬱（ゆううつ）になっていると、

「頼む。少しだけ見せて――いいや、触らせてくれ！」

フィーが、またもや面倒なことを言いだした。

「本当に、何の役にも立たないガラクタですって。そんなことより、早く別荘に――」

「そんなはずがない！　何か秘密があるはずなんだ！　もし聖遺物が関係ないのなら、いったい何でフローライトの地は、今まで無事だったというんだ？」

（それは、私が聞きたいよ）

結界も魔術師も存在しない地。

正直、私にとっても謎としか言いようがなかった。

「ここにいたら危険です。もしモンスターが現れたら！」

「大丈夫だ。俺がいるし、ルドニアだって後れは取らない」

「その油断が危ないんです。良いですか、モンスターというのは――」

説得しようとした言い争い。

致命的な油断――気配探知が甘くなってしまったのだ。

「え、エミリア。後ろ……」

最初に気がついたのは、アンナだった。

その視線の先には、目を爛々と赤く光らせた木型のモンスター――トレントの姿があった。獰猛な牙を生やし、醜悪な笑みを浮かべている。

怯えたように思わず後ずさったアンナは、後ろを見てさらなる絶望の表情を浮かべる。

「うそっ……」

後ろにも同じモンスターの姿があったのだ。こちらを取り囲み、モンスターたちはきちきちと不気味な笑い声を立てている。

(ちっ。厄介なことになったね)

気がつけば周囲に、トレントの集団。

――どうやら私たちは、すっかり囲まれてしまったらしい。

「エミリア、アンナ。下がれ」

気がつけば私たちを守るように、フィーたちが立ち塞がっていた。

「ルドニア、やれるか?」

「相変わらず無茶を言いますね――ですが、やるしかないでしょう」

剣をまっすぐ中段に構え、フィーは隙なく周囲を窺う。

一方、ルドニアは、双剣を低く構え、私たちを背後から襲いかかろうとするモンスターを牽制(けんせい)する。

（ふたり共……、強い）

（戦い慣れてるんだ）

目の前には、モンスターの大群。

怖くないはずがないだろう。それでも彼らの応戦の仕方は、恐怖の飼いならし方を知っている者の動きだった。

「ちっ。悪い、ルドニア。何体か、そっちに行ったぞ！」

「殿下、あまり前に出ないで下さい！」

「許せ。群れのボスがいる。頭を潰さないとキリがないぞ」

トレントの突き出した腕を華麗なステップで避け、フィーがそのまま相手を焼き払う。

ルドニアも目にも止まらぬ速度で、次々と相手を斬り捨てていく。

一方、私の背後では、

「大丈夫、大丈夫！　私だって、やれるもん……！」

何を血迷ったのか、アンナはモンスターの前に出ようとしていた。

あたかも私を庇うように――

「アンナ！　危ないから下がってて！」

「エミリアこそ下がってて。私は何もしなかったお貴族様とは違う……、私だって、私だって――」

「アンナ……」

どんな時でも笑みを絶やさなかったアンナの切羽詰まった表情。

アンナが、何に焦っているのかは分からない。

どのような事情があるのだとしても、戦う術を持たないアンナはモンスターにとっては格好の的でしかなくて……、

「アンナ、勇気と蛮勇は違う。分かるでしょう？」

（何を意地になってるの……！）

強い口調でアンナに声をかけ、私はアンナを引き戻す。

「うう……。どうして私は、また――」

悔しそうに唇を噛むアンナ。

それでもその瞳は、モンスターを強い表情で睨みつけており――

（戦えないアンナだって、モンスターに立ち向かう意志を見せたんだ）

（私だけがここで守られるだけなんて……。それは絶対に間違ってる！）

「……エミリア？」

「任せて」

一歩前に出た私を見て、アンナは不思議そうに目を瞬(またた)かせた。

「エミリア、いいから下がってるんだ！」

「いいえ、手伝いますよ」

この場を切り抜けるために、今、私ができること。

聖属性の魔力は、憎らしいぐらいに今の体にも馴染(なじ)む。それはあたかも、聖女という逃れられない前世の呪縛を意識させるようで――

(勇気ある者に剣を――)

(守るべき者に聖なる加護を――)

私の願いに応えるように、フィーとルドニアを神々しい光が包み込む。

聖女の加護――それは、かつて騎士団を最強へと導いた聖なる輝きだ。

「身体強化魔法？　いや、違うな。何だ、この力は……？」

「フィー、考えるのは後です。敵が来ますよ」

久々に使ったから不安だったけれど、上手く機能したようだ。

聖なる加護は、生半可な攻撃を通さない。そこからはじまったのは、戦いとも呼べない一方的な蹂躙(じゅうりん)劇だった。

トレントが枝を突き刺そうと手を伸ばしても、触れた先から浄化されていくのだ。おまけにフィーたちが振るう剣は、まるでバターでも切り裂くように易々（やすやす）とモンスターを斬り裂いていく。

（これで……、よし）

（いいえ、まだ。親玉は――）

私は、探知範囲を広げて周囲の様子を探っていく。

低級モンスターにしては、あまりに統率が取れている。恐らくフィーの言うとおり、群れを統率するボス級の敵がいるはずだ。

周囲の様子を順々に辿っていき、

「見つ、けた！」

それはトレントと比べても、ひときわ大きな木の形をしたモンスター。

エルダートレント――それは今回の襲撃のボスだ。

「フィー、ルドニア。しばらくここはお任せします」

「へ？　君は、何を……」

「ちょっとボスを潰してきます」

「……は？」

あんぐりと口を開けるフィーを置いて、私は駆け出していた。

事態は一刻を争う。

ここは魔族領——魔の領域だ。長引けば不利なのは私たち。

息を潜めて、敵の元まで疾走する。トレントたちの間を縫うように、気配を殺し、一気にエルダートレントの元まで走り抜けるのだ。

エルダートレントは、臆病なモンスターだ。

狙われていると気がついたら、守りを固めてくることだろう。アンナたちを守りながらとなると、持久戦は避けたいところだ。

(せっかくなので、使ってみますか)

すっぽりと手に収まったマスケット銃。

遠距離から音もなく、モンスターを仕留めるための魔道具。随分とボロボロになっていたが、幸い弾は込められたままの状態のようだ。

私は、魔力を込めると、

「行けぇっ!」

そのまま引き金に指をかけ射出。

果たして込められていた弾は、見事にエルダートレントに直撃した。

（よしっ！）

巻き起こる強大な衝撃波。

地響きが森を揺らし、凄まじい爆発音が森の中に響き渡った。数メートルのクレーターができるほどの大爆発——私が発射した一撃は、想像もしていない威力でエルダートレントを焼き払った。

「……は？」

（アリサぁぁぁ!?）

（え、何？　あいつ、私のこと暗殺しようと狙ってたの？）

明らかなオーバーキルだ。

時空を超えたとんだプレゼントに、私は思わず頬を引きつらせてしまう。

戦局は、それだけで決定づけられた。トレントの集団は、ボスが倒されたのを見るや否や、蜂の子を散らすように逃走をはじめたのだ。

（ま、まあ結果オーライか……）

私はアンナの傍に戻り、油断なく辺りを警戒する。

あたりからモンスターの気配がなくなったのを確認し、聖遺物——ことマスケット銃を私が下ろしたところで、

「エミリア、良かったエミリア～！」

気が抜けたのか、安堵の涙を流しながらアンナが飛びついてきた。

「今の爆発は……、何⁉」

「今のが大聖女の聖遺物の力……、いやはや。とんでもないね」

「なるほど、これが大聖女の聖遺物……」

アンナが感動したように、私の手元のマスケット銃を覗き込む。

そんなアンナを宥めながら、

（フィーたちには、ここで起きたこと）

（何としてでも、黙っておいてもらわないと……）

私は、どうやってフィーたちを説得するかに頭を悩ませるのだった。


その後、私とアンナはフィーたちと合流する。

「ルドニア、追う必要はない」

「分かりました」

散り散りになって逃げていくトレントたちを見て、フィーはそう告げた。

その言葉を聞き、ルドニアは剣を収める。それは行動を共にした旅芸人というよ

りは、まるで主従関係のようで……、

（いえ、考えるのは後ね）

モンスターを退け、ようやく落ち着いたところだ。

「エミリア、さっきの力は――」

「それは……、話は移動しながらにしましょう」

同じような事態を避けるため。

私たちは姿を隠しながら別荘に向けて移動する。

決して、面倒事を後回しにした訳ではない。

幸いモンスターたちにとっても、こちらが脅威に映ったのだろう。移動中、こちらを襲おうというモンスターは見当たらなかった。

「本当に、どうなることかと思ったよ」

「俺もだ。それにしても、二人だけでどうやってこんなところまでと思ったが……、まさかあんなものを隠し持っていたとはな」

「な、何のことですかね⁉」

何が何でもすっとぼける。

そんな強い意志を覗かせる私だったが、

「エミリアがいなかったら死んでたかもしれない」

「それは……」

「君は命の恩人だ。だから話す気がないなら、詮索はしないさ」

意外なことにフィーは、そうあっさりと引き下がるのだった。


その後は和気あいあいとした空気のまま、私たちは歩みを進める。

絶体絶命の危機を乗り越え、現れる大抵のモンスターならフィーとルドニアがいれば問題にならない。そもそも私たちを見て、モンスターのほうが逃げ出すような状態で……、今思えば、油断しきっていたのだろう。

——ようやくその異変に気がついたときには、すでに手遅れであった。

「ッ！　フィー、ルドニア。何か来るっ！」

最初にそれに気がついたのは、私だった。

「な、何だと⁉」

「エミリア、それはたしかなのか？」

「はい。モンスターとも違う——得体の知れない何か！」

それは先程のモンスターなどとは比較にならない強大な気配だった。否、モンスターなどとは存在の在り方が違う。

その〝何か〟は、間違いなく私たちのほうに向かって突き進んでいた。

（まずい）

（この距離じゃ、もう接触は避けられない！）

「フィー、ルドニア。お二人は、アンナを連れて逃げて下さい！」

「なっ!?　そんなことできる訳がないだろう！」

「まったくだ」

「早く！　このままじゃ――」

まずい、判断が遅れた。

それだけでなく、相手の速度が常軌を逸して速いというのもあるけれど。

（何だろう）

（どこか、懐かしいような――）

考え込む私たちの前に、やがて〝それ〟が現れた。

しいて例えるなら、大型の犬に近いだろうか。人間よりも一回りも二回りも大きく、全身は真っ白な毛で覆われている。その獰猛な牙は、ひと噛みで人間のことを葬ってもお釣りがくるだろう。

「下がれ、エミリア」

「な、何なんだこいつは――」

さしものフィーたちも、体の震えを抑えきれないというように。

かつてない強敵を前に、それでも怯えを律するように。剣を構え、まっすぐに立ちはだかる――そんな決意をあざ笑うかのように、そのモンスターは高く高く飛び上がり、私めがけて突っ込んできた。

（……私っ⁉）

（それならせめて、アンナを巻き込まないようにしないと！）

私は、咄嗟の判断で横に飛ぶ。

どうにか守りの聖魔法を放とうとするも、急なことで集中力を欠いていたのが原因だろうか。いつもより、魔法の展開に時間がかかってしまい、

（駄目、間に合わない――）

ぎゅっと目を閉じた私だったが、

「あれ……？」

く～ん……

聞こえてきたのは、そんな甘えるような鳴き声。

真っ白な獣は、まるで忠誠を誓うかのように私にひれ伏していたのだ。

「⁉」

これにはフィーたちも、声を失ったように目を見開いていた。

呆然と目を瞬く私に、

『主、やっと会えた！』

直接、心の中にささやきかけてくる声。

「あなたは、もしかして――リル？」

ハッとして視線を送れば、ばっちりと白い獣の目線が合う。

『そうだよ！　やっと、やっと気がついてくれた！』

「だって、あなた――まさか、そんなに立派になって！」

白い獣――その正体はフェンリル。

前世の私が従えていた犬のような子であり……、

「まさか……、聖獣フェンリル⁉」

――人々は、畏怖を込めて聖獣と呼ぶのだ。

現れたのは、前世で私が従えていた聖獣フェンリルであった。

前世では子犬ほどのサイズだったが、今では立派に成長していたらしい。

（ほええ……）

（こんなに立派に成長しちゃって――）

成長したフェンリルは、さすが聖獣と思わせる神々しさを身に纏っていた。そんな感動の再会であるが、今気にするべきは……、

「その……、もう少し小さくなれる？」

『えー、せっかくこんなに立派になれたのに……』

「リル……。人間にとって、その姿はちょっと恐ろしいものなの」

私の説得に、フェンリル――あらためリルは、何かを念じるように目を閉じ、

「「なっ⁉」」

次の瞬間には、その姿を小さなものに変化させた。

ちょうど、小型な犬ほどのサイズだろうか。

それは私が前世で見慣れた愛らしいもふもふ姿であり、

『主、くすぐったい！』

「はっ、つい……」

私は思わず毛並みを堪能してしまう。

非難するような声で私を呼ぶリルを見て、無性に懐かしくなってしまう。

じゃれ合う私とリルを見て、引きつった声でフィーが、

「エミリア。その……、なぜフェンリル様を？」

「フェンリル？　何のことですか？　この子はリル。その……、私が飼ってた犬です！」

「んな訳あるか！」

（デスヨネ～！）

ぜえぜえ、と肩で息をしながら突っ込んでくるフィー。

「聖獣フェンリル——間違いない。大聖女エミーリア様に付き従っていたという伝説の存在だ。どうしてエミリアにこんなに懐いているんだ？」

「ふ、不思議ですねえ——」

（フィーったら、そんなことまで知ってるの⁉）

目を逸らし、ヒューヒューと下手な口笛をふく。

何かもう、どうしようもなく手遅れな気がする。

それでも私にできることは、知らぬ存ぜぬとシラを切ることだけなのだ。

「可愛い～！」

『な、こら！　やめんか、この人間……！』

一方、先程までの恐怖はどこへやら。

小さな犬に姿を変えたリルを、アンナがいたく気に入ったらしい。

「エミリア。この子、噛んだりする？」

「大丈夫。リルは大人しいから」

「なら――！」

アンナは、にこやかな顔でリルを抱きかかえる。そのままアンナはリルを抱き寄せ、柔らかな毛並み――もふもふを堪能する。

『主～！　助けて～⁉』

「ごめん、リル。ちょっとだけそのままで……」

アンナにもみくちゃにされる姿は、とてもフェンリルなどという聖獣だとは思えない。

（このまま、有耶無耶にならないかなあ――）

何て思ったけれど。

ちらりと見れば、フィーからはもの言いたげな視線が突き刺さり。

「最近の犬って、その……野生化すると大型化するんですね！」

「…………」

ごまかすように口を開いても、返ってくるのは沈黙のみ。

『ここが特等席～♪』

しれっと私の肩に乗っかったリルを連れて。

今度こそ私たちは、別荘に向けて歩みを進めるのだった。

＊＊＊

（どうにか、フィーたちと合流できた）

（後は、みんなが寝てる間に戻れれば万事解決だよね！）

私は、そんな期待と共に別荘に向けて歩みを進める。

聖獣――リルは、パッと見るとただの可愛らしい犬だし、戻りさえすれば言い訳はどうにかなるだろう。

そんな楽観的思考を持ちながら移動する私だったが、別荘の入り口で異変に気付く。

「ああ、すっかり大事（おおごと）になってるな」

「だからこうなるって、最初に言ったじゃないですか……」

うんざりした様子のフィーと、諦め気味のルドニア。

「ルドニア、君は裏口からアンナを連れていってくれるかい？」

「分かったよ。ということは、エミリアに本当のことを？」

「ああ。もう潮時だろうしね」

（め、面倒事の予感！）

（私も向こうに行きたいんだけど——）

ルドニアに連れられ、ひっそりと別荘に入るアンナを羨ましく思う私だったが、

「エミリアはこっち」

フィーにそう微笑まれ、私は諦めてフィーの後を付いていくのだった。

果たして私たちを迎えたのは、鎧（よろい）に身を包んだ見慣れぬ集団であった。

ずらっと並んだ彼らは、私……というよりは隣にいるフィーを見るや、歓喜の表情で歓声をあげる。

呆然とする私をよそに、フィーの元に偉そうな男が駆け寄ってきて、

「ご、ご無事でしたか。殿下！」

「ご苦労」

そう口にしながら最敬礼。

対するフィーも、どこか慣れた様子でそう返しており、

（殿、下……？）

（……………えぇえええええ⁉）

ぎぎぎぎ、と音がしそうなぎこちなさで振り返る私。

フィーは、申し訳なさそうな顔で私を見ており、その言葉が勘違いでも何でもなく、事実であることを窺わせた。

その言葉の意味はシンプルだ。私が気軽に、今まで割とぞんざいに扱っていた旅芸人——その正体が、まさか国の王子だったということで……、

「ま、まさか——」

「騙そうと思った訳じゃないんだ。ただ、切り出すきっかけがなくてな」

バツの悪そうな顔で、フィーはそう口を開く。

それは事実上の肯定。

「俺は、フィリップ・ガイア——よろしく、エミリア」

諦めたようにフィーは自らの正体を告げ、そう手を差し伸べてきた。

フィリップ・ガイア――それはガイア王国の第一王子の名前であり……、

（やってしまったぁぁぁ！）

（ちょっと待って⁉　たしか最初に会ったとき――）

私はフィーとの出会いを思い出す。

アライネの花のことを、誰にも話さないでほしいと頼み込んだあの日。あのとき私が何を言ったのか――

（王子には絶対に知られたくない、とか言っちゃった！）

（ろくでもない目に遭わされる、とも……！）

その考えは、別に何ら変わっていない。

それでも本人を前にして言うことではない。不敬罪も良いところである。

肩に乗っかったリルと目があった気がした。何一つとして言い訳のしようがない場面を、すでにフィーには目撃されている。

（よりにもよって、一番バレたらまずい相手に知られた⁉）

（どうする。どうすれば――）

力のことがバレれば、また城に拘束されて、地獄のような日々が訪れるに違いない。

（記憶を消す？）

（魔法で？　それとも物理？）

物騒なことを真剣に考えはじめたところで、

「ところで殿下、一緒にいらしたご令嬢方は……」

「ああ、彼女たちは私の友人だ。誤って魔族領に入ってしまったようでね。俺とルドニアで救出しに向かったんだ」

（⁉）

真っ青になった私をよそに、フィーはそんな説明をはじめた。

「そういうことなら、我々騎士団に任せて下されば――」

「そうです！　御身に何かあれば、どうやって責任を取れば良いか‼」

「悪い悪い。一刻を争うと思って、いても立ってもいられなくてな」

大事にするつもりはない、とフィーは騎士団の面々に持ち場に戻るように命令する。

別荘の周囲には、こっそりとフィーを護衛するために、騎士団の面々が張っていたのだろう。彼らが引き上げていくのを見ながら、

（殿下は間違いなく、あの光景を見ていた）

（黙っていてくれるの？）

私は、フィーの真意が分からず戸惑っていた。

探るような視線を向けると、

「エミリア、これで良かった？」

フィーは、こちらを案じるような顔で返してくるのだ。

「え、ええ……。助かりますけど――」

いまいちフィーの考えが読めない。

「今日は疲れただろう。このまま休むことにしよう」

気まずい沈黙を避けるように、フィーは解散を告げるのだった。

＊＊＊

その日の夜は、何事もなくすぎていった。

「ごめんなさい、ルルーシェ姉さま！」

「ほんっとうに、誰に似たのかしら――」

部屋に戻った私は、こってりとルルーシェ姉さまに絞られた。

心配をかけたのは紛れもない事実。

私としては平謝りすることしかできない。

ちなみに騎士団に連絡をしたのは、ルルーシェ姉さまであった。フィーと私たちが魔族領に迷い込んだということが分かり、すぐに突入するか、しばらく様子を見るか、現場では随分と意見が割れていたらしい。

「ルルーシェ姉さま。殿下のこと……、気がついてたなら教えてよ！」

「ごめん、エミ。殿下が秘密にしておいてほしいって」

ルルーシェ姉さまは、ひとめ見てフィーの正体に気がついていたという。それなら教えてほしかったと頬を膨らませる私を見て、ルルーシェ姉さまは困ったように笑った。

「それにしても、無事に帰ってきてくれて本当に良かった。これも大聖女エミーリア様の思し召しかしら」

「あはは、そうですね……」

（相変わらず、前世の私への信仰心がすごい……）

苦笑いしつつ、私は今度こそ眠りにつくのだった。

＊＊＊

翌日の朝。

私は、朝一でフィーの部屋を訪れていた。

（相手はこの国の王子）

（本当に、よりにもよって、どうしてこんなことに……）

一晩経って、私は問題と向き合うことを決めたのだ。

こうなってしまえば、すっとぼけるのも得策ではない。

フィーにはすでに、力を振るうところを見られてしまっている。私の未来は、彼の一存にかかっていると言っても大げさではない。

（黙っていてくれるように頼みこむ）

（もし国のために力を貸せと命令されたら、私はどうすれば良い）

前世のような目に遭うのはまっぴらだ。だけど状況はすでに詰んでいる。どうしようか悩む私の気持ちを知ってか知らずか、

「入ってよ、エミリア」

フィーは、呑気（のんき）な笑顔であっさりと私を中に迎え入れた。

「不用心ですね。護衛は良いんですか？」

「エミリアが、俺に危害を加えるわけがないよ」

「……分かりませんよ？」

思わず声が固くなってしまう。

事実私は、もし平穏を脅（おびや）かすなら、たとえ相手が一国の王子であっても反撃するとすでに決めていた。

そんな緊張感を持って臨んだ私だったが、

「まあまあ、まずは紅茶でも飲んでゆっくりしようよ」

彼はあくまで〝フィー〟として振る舞っていた時と態度を変えないままに、私に席につくよう促すのだった。


「君から来てくれるとは、嬉しいよ」

フィーが、そう切り出した。

「殿下も、私に用事が？」

「もう、フィーとは呼んでくれないんだね……」

「恐れ多いです」

知ってしまった以上、もう元には戻れない。それが当たり前のはずだ。それなのにフィーは、思いのほか寂しそうな顔をするので、

「分かりました。ここではフィーと呼びますよ」

「うん。そうしてくれると嬉しい」

私の答えに、フィーはパッと顔を明るくする。

今、ここに来たのは交渉のためだ。平穏な生活をこれからも保つため、今世の生活を守るための一世一代の交渉にきたのだ。

それなのにこんな反応を見せられて……、不思議な気持ちだった。

「フィー、私に何か言いたいことがありますよね？」

「ああ。単調直入に言おう——エミリア、君はこんな辺境に埋もれているべきではない。君には、もっと相応しい場所があると思うんだ」

「相応しい場所、ですか……」

その言葉が本心からのものだということは分かった。

「ああ、ガイア王国がどれだけ魔術師の教育に力を注いでいるかは知ってるだろう？　悪いようにはならない。君は間違いなく天才だ——是非とも国のため、その力

を振るってほしい」

やっぱりごまかしきれないか。国のため、力を振るってほしい――それは、一番恐れていた言葉と言っても良い。

「私の力なんて必要ないでしょう」

「謙遜か？　ここだけの話、我が国はもう限界なんだ。魔術師は疲弊し、いずれは前線が崩壊する――そのような状況を変えるため、君のような魔術師が必要なんだ」

縋るような視線が、フィーから向けられた。

フィーの言葉には、王族としての誇りがあった。国を背負って立つ者として、それが正しいと信じていた。

そのような生き方を率先して貫いてきたのだろう。

以前も口にした通り、それは眩しい考え方だとは思う。

だけど同時に、そんなものは――

「下らない、そんなもの」

自分でも驚くほどに冷たい声が出た。

義務。国のために力を尽くすべき――そんなものはクソ喰らえだ。

一度、そのように生きて死んだからこそ、強く私はそう思う。

「なら君は、国がどうなっても良いというのか！」

「はい。もし一部の天才に頼らないと存続できないような国なら……、いっそ滅んでしまえば良い。そう思うよ」

「なっ――」

フィーは、絶句していた。

（いけない。こんな、感情的になったらいけないのに――）

思わず出てしまった言葉。抑えきれない感情。

私も、自分にびっくりしていた。ここはフィーに、誠心誠意黙っていてくれるようにお願いする状態だと思う。

感情のままに口を開くべき場面ではない。そう思っていたのに、不思議とその言葉が抑えられなかったのだ。

「どうしますか？　騎士団に命じて私を城まで連れて行きますか？」

「なっ、そんなこと――」

私の価値観は、決してフィーとは相容れない。だって彼は王族で、この国のためにできることを、やる義務があるのだ。

だとしても私だって、譲る気はない。

「それとも家族を人質にとってみますか？　牢屋に放り込んで、従うまで食事抜きなんて良いかもしれませんね」

「そんなこと、そんなことをする訳が――」

弱々しくうめくフィー。

（もしかすると、そこまで考えてなかった？）

（誰もが国のために尽くすと思った？　もしそう思っていたのなら……、それは幸せすぎるってもんだよ）

「そんな――ただ俺は、君の力が借りられればと……」

「嫌、です」

フィーの絞り出すような言葉を、一刀両断する。

「一度力を貸せば、あって当たり前だと思われて。死ぬまで絞り尽くされる――そんな生き方、二度とごめんです」

「エミリア……。君はいったい？」

（いけない。つい、話しすぎた）

（どうして私は、こんな感情的になってしまうんだろう――）

不思議そうなフィーの顔を見て、はっと私は黙り込む。

私たちの間に、気まずい沈黙が横たわる。

最初から分かっていたことだ。私がフィーの正体を知った時点で、もう今まで通りには戻れないということは。

「それでも俺は――力を持って生まれた以上は、それを正しく使うべきだと思う。だって、そうじゃないと――」

「はい、それは自体はとても素敵なことだと思います」

でも、私はその道を選ばないだけ。

話はどこまでも平行線――その時、ぴょんと私の肩に飛び乗ってくるものがいた。

リル――子犬サイズになった聖獣フェンリルだ。

「付き従った聖獣、聖遺物……現世ではあり得ないほどの魔法。エミリア、まさか君は――？」

（しまった――）

（否定、しないと……！）

そう思っても私には、口をハクハクさせることしかできない。

『詮索はそこまでだ人間の小僧（こぞう）』

その時、声をあげたのはリルだった。

届けるのは心の声——ただし今度は、フィーにも言葉を届けているらしい。

「聖獣様⁉」

『貴様、もし我が主の望まぬことをしいるというのなら——覚悟はできているだろうな』

子犬姿にもかかわらず、リルから感じるのは圧倒的な威圧感。

「そんなことは……。俺は、エミリアに何かをしいるつもりは——」

『ふん。何を言うか——貴様がしたのは同じことだろう』

リルの言葉に、フィーはハッとした顔をする。

（別に私は、そこまで言うつもりはないけど……）

フィーが本気になれば、騎士団に命じて私を城に連れて行くこともできた。

あくまでフィーは、私を説得しようとしていた。

「やっぱり……、そういうことなんだね——」

フィーは、信じられないという顔で私とリルの顔を見比べていた。

彼が何を考えているかは想像がつく——そして、その予測は恐らく正しい。

（ここまで材料が揃えば、嫌でも答えに辿り着くか……）

私は、静かにため息をついた。

「大聖女エミーリア様」

「その呼び方はやめて下さい」

それは事実上の肯定。

(そういえば、フィーは私の大ファンだったね)

(ごめんよ、現物がこんなので)

私では、フィーの願いを叶えることはできない。

「フィー、いえ……、殿下。申し訳ありませんが、私は殿下の頼みを聞き入れることはできません」

(うん。私の意志は伝えた——)

(とはいっても、最終的にはフィーの判断次第か)

不安は依然として残りつつ。

私は頭を下げ、静かに退室するのだった。

《SIDE：フィリップ王子》

正直に言おう。

その時の俺を突き動かしていたのは、純粋な好奇心だった。

（大聖女エミーリア様の聖遺物）

（人類の希望――せめて、ひと目見たい！）

もちろん大義名分は、フローライト領の秘密を探ることではある。

だけども一番の理由は、大聖女様の存在に少しでも近づきたいという願いだった。

「やれやれ、殿下の聖女信仰にも困ったものですね」

「無理に付き合う必要はないいんだぞ？」

「この慰安旅行に一緒に行こうと言い出した時点で嫌な予感はしてたんですよ。お任せ下さい、準備はバッチリです」

頼もしいんだかどうだか分からないルドニアを連れて。

俺は大聖女の聖遺物を求めて、魔族領に足を踏み入れた。

俺たちはモンスターを斬り捨てながら、日の当たらぬ森の中を突き進む。数少ないモンスターとの実戦であったが、危なげなく勝利を重ねていく。

俺たちは、魔族と戦うために英才教育を受けている。

それでも油断なく。

だいぶ進んだ森を進んだとき、俺は信じられない声を聞く。

「フィー、ルドニア！　やっと見つけた！」

ここにいるはずがない声。

しかし振り返ると、怯えたように少女にしがみつく赤毛の少女――アンナといったか――の姿と、こちらを非難するような目で見てくるエミリアが駆け寄ってきており、

「な――エミリア⁉　どうしてここに⁉」

信じられないことに、エミリアは俺たちを心配してここまでやってきたらしい。

薄々、エミリアが普通の少女でないことは分かっている。それでもモンスターの現れる魔族領に入りこむのは、蛮勇という他ないだろう。

おまけに俺が別荘まで送っていこうといえば拒否してくる始末。

どうしようと頭を悩ませる俺だったが、それからエミリアが見せた光景は、まさしく想像だにしないものだった。

「「うそっ⁉」」

俺もルドニアも、視線が釘付けになっていた。

信じられないことにエミリアという少女は、大聖女の聖遺物を召喚してみせたのだ。

(馬鹿な……)

(実在するかも分からない聖遺物を、支配下に置いていたというのか⁉)

フローライト家で管理していた、という可能性もある。

否、そう考えるのが自然なのだろう。

だけども俺の頭の中には、荒唐無稽な考えがよぎっていた。すなわち……、

(エミリア。まさか君は――)

奇跡はまだ続く。

それはトレントの群れに囲まれたときのことだ。

「身体強化魔法？　いや、違うな。何だ、この力は……？」

俺やルドニアですら対処に手こずるモンスターの集団。普通の少女であれば、モンスターを前にすれば腰を抜かして動けなくなるだろう。

にもかかわらずエミリアは、油断なく辺りを見渡し一歩踏み出した。そうして俺たちに見たこともない支援魔法をかけ、

（はあ⁉）

（何だその威力⁉）

聖遺物を使いこなし、森の中に巨大なクレーターを生み出した。

エルダートレントは強大な敵である。領地に現れれば、対処を王宮魔術師に頼るのも何ら恥ずかしくはない相手――そんな相手が、エミリアの一撃で跡形もなく消し飛んでしまったのだ。

（こんなこと、王国の七盾でもできるかどうか）

まるで追及から逃げようというように、その後、エミリアはさっさと別荘に戻ろうとしていた。さきほどの威厳に満ちた表情が嘘のように、そわそわーっと下手くそな口笛を吹きながら目を逸らそうとしていて、

（まるで伝説の大聖女様のような――）

（いや、馬鹿なことを考えたな……）

その突拍子もない思いつきは、偶然にもすぐ確信に変わることになる。

帰り道に見た光景は、俺にとって忘れられないものとなった。

鋭い声で警戒を呼びかけたエミリアは、恐るべきことに聖獣フェンリルに忠誠を

誓わせていたのだ。

（聖獣の主⁉⁉）

（もう間違いない――この御方は大聖女様だ）

これまで見せてきた数々の離れ業。

更にエミリアは、聖女にしか従えることは不可能と言われた聖獣フェンリルを従えており――

（でもエミリアは、正体を隠したがっているんだよな……）

推測の域を出ないが、たぶんエミリアは何かに怯えている。

「最近の犬って、その……野生化すると大型化するんですね！」

「………」

（本気で隠す気あるのか⁉）

今、恐らく目の前にいるのは、俺が憧れてやまないその人だ。

もっと話したい。

もっと仲良くなりたい。

フィーとして接して、エミリアの面白い一面をたくさん見てきた。だからこそ、エミリアが大聖女様だったとしたら嬉しい――素直にそう思う。

エミリアは、たびたび規格外の力を無意識に見せつける。それでいて力を知られたくない――特に偉い人には――と言っていたのだ。

（あ――でも、王子にだけは知られたくない、なんて言ってたか）

（俺は、どうすれば――）

そうして戻った別荘で。

心配した騎士団の面々が詰めかけており、あっさり俺の正体は露見することになった。

その時のエミリアの絶望した表情は忘れられない。

（どうして……）

（どうして、そんな顔で俺を見る……）

青ざめて諦観したように薄っすらと笑う顔。

モンスターを相手に一歩も引かなかった彼女が、俺を恐怖に満ちた目で見ているのだ。

「ああ、彼女たちは私の友人だ。誤って魔族領に入ってしまったようでね。俺とルドニアで救出しに向かったんだ」

気がつけば俺は、そう口にしていた。

その言葉で、エミリアは露骨に安堵の表情を浮かべる。

（ポーカーフェース、ポーカーフェース！）

気がつけば俺は、エミリアのことをもっと知りたいと自然に思っていた。

そのためにもまずは、エミリアの恐怖の原因を探らなければならないし、できることなら取り除いてやりたい、と思う。

そのためにも、こんなところで関係を終わらせたくなかった。

（だが、俺の正体が王子だとバレて――）

（まともに話してくれるのか？）

国の危機にあたって、強大な魔術師に力を貸してほしい。

聖女様の力を借りられれば百人力だ。

だけどもそんなことよりも――

（もっと君と話したい）

その時の俺を突き動かしていたのは、そんな感情であった。

対話する時は、予想外にすぐやってきた。

翌日の朝、俺の部屋をエミリアが訪問したのだ。

不安そうな顔をしながら、それでも何かを決意したような表情で。

それはまるで、決別の決意をしたようにも見え――

（それは嫌だ）

（俺は、もっと君と――）

そうしてはじまった話し合いは、どこまでも平行線だった。

「――是非とも国のため、その力を振るってほしい」

「下らない。そんなもの」

それが大聖女様の言葉だと思うと、やりきれない悲しみがあった。

だって大聖女様は、俺にとっての英雄で。俺が進んだ道の先に、当然いると思っていたし、価値観を同じくしていると思っていたからだ。

王家に生まれた俺は、国のために尽くすのが当然だし、それが存在価値だとすら思っている。

（何で？）

（何でそんなことを、よりにもよって君が言うんだ？）

混乱のままに、俺は叫ぶ。

「なら君は、国がどうなっても良いというのか！」

（生ける伝説。誰よりも国を守ってきた君が！）

「はい。もし一部の天才に頼らないと存続できないような国なら……、いっそ滅んでしまえば良い。そう思うよ」

淡々とエミリアは語る。

そこに静かな迫力を滲（にじ）ませて。

大聖女として国を守ってきた者の言葉は、ただただ重たく……、

「どうしますか？　騎士団に命じて私を城まで連れて行きますか？」

「なっ、そんなこと――」

「牢屋に放り込んで、従うまで食事抜きなんて良いかもしれませんね」

エミリアの言葉は鋭利だった。

もしそうしないといけないとなったとき、俺はエミリアにそれをしいることはできるのだろうか。きっとできないし、やるべきではない。そう思う。

本当にそうだろうか。

彼女一人の生活と、国を天秤（てんびん）にかけるようなことがあるのなら――

「そんな――ただ俺は、君の力が借りられればと……」

「嫌、です」

誰もが自分と同じ考えだと思っていた。

それは、酷く傲慢な考えだったのだろう。

だけども誠心誠意説得すれば、きっと——

「一度力を貸せば、あって当たり前だと思われて。死ぬまで絞り尽くされる——そんな生き方、二度とごめんです」

過去、大聖女様に何があったのだろう。

そして俺は、正体を隠しているエミリアに何を求めているのだろう。

（ああ、そうか）

（この子が、力を隠したいと願っているのはきっと——）

王家への隠しきれない不信感。

俺に対しての極端なまでの恐れ。

かつてこの国は、彼女に取り返しのつかない何かをしでかしたのだろう。

『貴様、もし我が主の望まぬことをしいるというのなら——覚悟はできているだろうな』

そんな話をしていると、俺を威嚇するような声が脳裏に響き渡った。

俺にそう釘を刺してきたのは、エミリアに付き従う聖獣――フェンリルだ。

「そんなことは……。俺は、エミリアに何かをしいるつもりは――」

『ふん。何を言うか――貴様がしたのは同じことだろう』

言葉を選ばないリルの言葉は、俺の胸を深々と突き刺した。

（そんなつもりはない！）

（……どの口で、そう言える？）

徐々に滅びに向かっていくガイア王国。

だから俺は聖女様に無邪気に憧れた。モンスターを浄化し、数々の奇跡を巻き起こした聖女様――そんな存在に夢を見て、

（ああ。俺は酷いやつだ……）

超人に頼らないと存続できないような国なら。

いっそ滅んでしまえば良い。

どんな気持ちで、この少女はそう口にしたのだろう。

何てことはない。俺はまた前世の愚かな王家がしたように、この少女に頼り切って国をどうにか延命させようとしていたのだ。

（俺は）

（俺は――）

言葉もなかった。

何も見なかったことにして、エミリアの前から姿を消すのが、彼女にとっては一番良いのかもしれない。

だけど、そうしたくなかった。

国のため。大聖女様を王家に取り込むため――そんな打算など関係なく、もっとエミリアと話をしたい。そう思ったのだ。

やがてエミリアが退室した後、俺は聖獣フェンリルと向き直る。

『貴様がエミリアを利用するというのなら――我は、国を滅ぼそう』

「俺は聖女様――いいえ、エミリアの幸せを願っています。そんなことをするつもりはありませんよ」

『言葉ではなんとでも言えるだろう』

威圧感だけで気圧されてしまいそうだ。

だから俺は、せめて気持ちでは負けぬよう。

まっすぐに瞳を見つめて言葉を紡ぐ。

「かつての王家は、きっとエミリアに酷いことをしたんだろうね。だけど俺なら、そんな過(あやま)ちは繰り返さない――絶対に彼女を幸せにすると約束するよ」

『ほう……』

無言の時間が続く。押し潰されそうな威圧感が俺を射抜いたが、やがてふっとフェンリルは力を抜き、

『その言葉――偽りにならぬよう。願っていよう――人間の王子』

そう口にして、フェンリルはしっぽを振りながら部屋から出ていく。

（ふう。どうにか認めてもらえた、ってところかな）

聖獣フェンリル。

大聖女エミーリアに付き従った聖なる存在。

（ああ。穢れた地、なんて呼ばれたフローライト領が無事だったのは――）

なんてことはない。あれほどの存在がいる空間に攻め込んでくる馬鹿(モンスター)なんて、たしかに滅多に現れないだろう。

「さて。明日から忙しくなるな――」

これからのことを考えると頭が痛い。

それでも俺は、どうすればさっきの誓いを本当のことにできるか考えるのだった。

五章　エミリア、鑑定の儀に挑む

成り行きでモンスターを討伐し、フィーの正体がフィリップ・ガイア第一王子だと判明した——そんな波瀾万丈の慰安旅行から数日。

私たちは、何事もなかったかのように日常に戻りつつあった。

(フィー……、じゃなかった。結局、フィリップ殿下ったら今までみたいに接してくるんだよね)

(協力するつもりはないって言ったのに。何のつもりなんだろう?)

どうやらフィーたちは、私の前世が聖女であるということを秘密にしておいてくれているようだ。だからといって魔術師として力を振るってほしいという頼みを、特段諦めた様子もなく、

(まあ良いか。フィーが何もしてこないなら私はこれまで通り)

(のんびり引きこもりスローライフを目指そう!)

私は、そんな結論を出すのだった。

＊＊＊

まず私がやったのは、対モンスター相手のアクセサリー作りだ。

ただ旅行に行っただけで、気がつけばモンスターの大群を相手にすることになったのだ。これからも何かの間違いで、モンスターと相まみえる可能性は拭いきれない。

（私の大事な友達に、手出しはさせないよ）

（前世でアリサから聞いたとっておきのレシピ。今こそ試すとき！）

そんな決意と共に、私はエルザおばさんの錬金工房に向かう。

いつものごとく、護衛としてフィーとルドニアが付いてきている。

「エミリア、どうしたの？　そんな真剣な顔で」

「アンナ、待っててね。最高の防具を作ってあげるから！」

「待って⁉　それ大丈夫なやつ？」

ちなみにアンナには、フィーの正体も、私の前世も秘密にしていた。フィーの正体などほいほい口にして良いことではないし、当然、私の前世も伏せられるなら隠しておきたいと思ったのだ。

（大丈夫なやつ？　とは失礼な！）

（まるで私が、普段から何かやらかしてるみたいな言い方だよ！）

フィリップが聞いたら「やらかしてるだろ」と言われそうなことを内心で呟きつつ、私は気合と共に錬金釜に向き直る。

「エルザおばさん。一番強い火属性の触媒って何ですか？」

「う〜む。それなら、最近手に入った火焔鉱石が便利じゃとは思う」

エルザおばさんが取り出したのは、火山で取れる鉱石の一つ。

オーソドックスな素材の一つらしい。

「さすがです。使っても良いですか？」

「エミリアちゃんのことだから、問題ないとは思うんじゃが。いったい何に使おうというんじゃね？」

「実はエルザ商会の旅行で、モンスターと出会いまして……」

かくかくしかじか――私は事情を説明する。

目指すべきは、モンスターを自動迎撃できる装備品だ。

まず最優先は戦う術を持たないアンナだろう。ついでに口止め料として、フィーたちにもプレゼントを渡しても良いかもしれない。

「防御術式と攻撃術式を少々。ついでに支援魔法も常時発動できるようにするつもりです」

「……は？」

あ然と聞き返されてしまった。そんな視線にもめげず、私はキラキラした目でエルザおばさんに視線を送る。

「そんな術式を大量に編み込むというのかい？　ちなみに、そのアプローチはどこで知ったんじゃい？」

「へ？　その……。お父さまの書斎で」

そう返す私に、フィーが呆れた顔でこんなことを言う。

「ふ～ん。エミリアのお父様の書斎は、王立図書館よりも歴史的価値が高いものが並んでるのかもしれないね」

「う、うるさいよ」

（さすがに厳しいか）

ささっと話題を逸らし、私は素体となるペンダントを錬金釜の中に放り込む。続いて、エルザおばさんに用意してもらった触媒を、丁寧に錬金釜の中に入れてかき混ぜる。

「すご～い！　エミリア、本当に錬金術師みたい！」

「えへへ。ありがとう！」

目を輝かせながら、アンナが私の手元を覗き込む。

（えーっと。アリサが言うには、とにかく均等に魔力を通す）

（それぞれの触媒に宿る魔力を、均一に分散させることが大事なんだっけ）

集中すること小一時間。

「よしっ。完成！」

「う～ん。何か変わったのかな？」

アンナがこてりと首を傾げて、私にそう問いかけてくる。

一見、出てきたものには何の変化もないように見えた。

魔力のある者が注意深く観察しなければ分からないだろう。それでも、たしかにこのペンダントには、術式がいくつか刻み込まれているはずだ。

「エルザおばさん。ありがとございました！」

「エミリアちゃんは、また随分と面白いことをはじめたのじゃな」

「ごめんなさい。少し性能テストをしてみたくて――今日のポーション作りの手伝いは……」

「ふぉっふぉっふぉ、そんなことは気にするでない。錬金術師であれば、己の研究成果が気になってなんぼじゃ――行っておいで」

申し訳なく思いながらも切り出した私にそんなことを言い、エルザおばさんは快く私を送り出す。

「それにポーションなら、もう余りまくってるしのぅ……」

「あ……。ついつい、いつも夢中になってしまって――申し訳ありません」

「なあに。おかげで商売も順調じゃしのぅ……良いってことよ」

「……？」

（商売？）

（何のことだろう――）

ちょっと不穏な言葉が聞こえた気がするが、

（まあ良いか）

残念なことに私の意識は性能テストに向いており、その言葉の意味について深く考えることはなかった。

＊＊＊

私とアンナは、すっかりいつものメンバーと化したフィーとルドニアを連れて、街外れの広場を訪れていた。

「性能テストって、何をする気だ？」

「それは――ちょっと実戦の中で！」

「「へ？」」

フィーが不思議そうな反応をする。

私は、アンナに渡す予定のアクセサリーを身につけていた。

「さあ、フィー。どこからでもかかってきて下さい」

「そんなエミーリア様を相手に恐れ多い！」

小声でぶんぶんと首を振るフィー。

（ふ～ん、フィーったら本当に前世の私のファンなんだ）

（困ったね……。そうだ、こうなったら！）

「良いんですか？　一国の王子ともあろう方が、辺境の田舎娘相手に一太刀も入れることができなかった、なんて噂が広まっても」

「む、だが……」

無闇に腕を振るう気はないということだろうか。

「そうですね。なら私に一太刀でも入れられたらサイン書きますよ？」

私はフィーの耳元で、こっそりと呟く。

「……っ、何だと⁉」

「もちろん、大聖女時代のサインです。それでも足りないなら――」

「乗った！」

（よし、釣れたっ！）

「エミリア、何を言ったの？」

アンナは、こてりと首を傾げていた。

「やれやれ、殿下の聖女好きは相変わらずですね……」

そんな様子を見ていたルドニアは、静かに苦笑いする。

ちなみにルドニアもまた、私の正体を知っていた。彼はどこまでもフィーの考えを尊重している。主人が黙っていると決めたなら、その命令に従ってくれているという訳だ。

「ふふ、思えばカルロ湖のリベンジマッチですね」

「そう言われてみると……。エミリアの発明品には、もう負けたくないな」

（この時代だとフィーは、かなりの使い手みたいだからね）

（悪いけど実験台になってもらうよ！）

俄然、やる気になったフィーを見て。

私は私で、ひそかに闘志を燃やすのだった。


数分後。

「な、何だそのチート性能⁉」

目の前には、ズタボロになったフィーが仰向けで横たわっていた。

ちなみに私は、完全なる無傷。何なら、その場から一歩たりとも動いていなかったりする。

（う〜ん。さすがアリサが設計したハイテク装備）

（これなら私がいないところでモンスターに襲われても安心だね）

斬りかかってきたフィーの剣を、風の盾が受け止めて。

ジュッと肌を焼くようなレーザーが、勝手に迎撃するのだ。

今は訓練用に威力を大きく抑えてあるが、これは実戦では大きめの岩を蒸発させせる威力を誇る。

「はい、アンナ」

「……って、いやいやいやいやいや。こんな恐ろしいもの、とてもじゃないけど身につけてられないよ⁉」

「大丈夫。あくまで敵意に反応して反撃するだけだから」

「でも……。もし売りに出ていたら、いったいどれだけの値段がつくことか」

アンナは遠慮していたが、私はぐいぐいと押し付ける。

「間違いなく国宝級だろうな。城が建つぞ」

「またまた、フィーったら面白い冗談を……」

……本気じゃないよね？　もし事実なら、本当にこの時代の技術力が危ぶまれる話であった。

「困ったなあ。受け取ってくれないと、捨てるぐらいしか使い道がないよ」

「えぇ⁉」

「もし何かあったら、私は自分を許せない。だから遠慮なく受け取って」

私の言葉に、目を丸くしていたアンナだったが、

「そういうことなら、有難く受け取っておくわ」

やがて根負けしたように、アンナはそう答えるのだった。


そうして家に戻る帰り道。

なぜかフィーが家まで送っていくと言い出し、私たちは二人でフローライト邸に向かって歩いていた。

「エミリア。君、実は正体を隠すつもりがないのか？」

フィーが、そんなど失礼なことをヒソヒソと私に聞いてきた。

「失礼な。私はこっそりひっそりをモットーに、普通の少女として、今日も慎ましく生きてますが」

「普通の少女は、思いつきで国宝を作ったりしないだろ」

フィーの呆れた視線を受けて、私はそーっと目を逸らす。

今回のことは、さすがにやりすぎたと私も悟っていた。

（でも、アンナが心配だったし……）

「まあ良いけどな。そういや、鑑定の儀はどうするんだ？」

「ほえ？　鑑定の儀？」

聞き覚えのない言葉に、私は首を傾げる。

フィーいわく鑑定の儀とは、各領地で十二歳のすべての少年少女を集めて、魔法に適正があるかを調べるための儀式だそうだ。教会が率先して行っている儀式であり、信託の魔水晶と呼ばれる魔道具に触れることで、魔法適正の有無を調べるらしい。

儀式で魔法適正ありの判定をもらい、将来有望だと判断されると、もれなく王都にある王立魔術学院に入学する権利を与えられるという。

現在では常識すぎて、話題に上ることもなかったのだろう。

——初耳だった。

「え？　何か対策を考えてたんじゃないのか？」

「初めて聞いたよ。そんな方法で魔術師を見つけようとしてるんだ……」

（まずいことになった……）

一難去ってまた一難。

正体がバレなければ良いと思っていたが、とんでもない。

フィーが言うには、鑑定の儀で魔法適正ありをもらって魔術学院に通うことは、少年少女の憧れだとも言っていたが、

（そんなの、聖女バレからの一生強制労働ルートまっしぐら！）

（冗談じゃない!!　何としても魔法適正なしの判定をもらわないと！）

私は、そんな決意を固めるのだった。

＊＊＊

ある日の午後。

今日は、久々にハーブ摘みに来ていた。アンナは店番に出ており、珍しくメンバーは私、フィー、ルドニアの三人である。

（ぬぬぬ。鑑定の儀とは卑怯なまねを！）

（制度として全国民の魔法適正を調べるっていうのは、この上なく有効だとは思うけどさ）

有効であるが故に、私にとってとんでもなく脅威なのである。

教会が取り仕切っているという鑑定の儀――フィーから恐ろしい情報を得た私は、う～んう～んと頭を悩ませていた。

「どうやれば魔法適正なしになるんだろう」

「この世界で、そんなことを考えてるのは君ぐらいだろうね」

ハーブに魔力を通しながら考え込む私に、フィーが呆れ目でそう呟く。

（む。他人事だと思って）

「フィー……、じゃなかったフィリップ様。いっそ殿下の権限で、私を魔法適正なしだったということにできませんか？」

「それは悪いけど無理だ。鑑定の儀は、教会の管轄。大聖女エミーリア様が残したという魔術師を探すための神聖な儀式――たとえ王族でも、それを捻じ曲げることは許されないよ」

「私の前で、大聖女エミーリア様とか言うのやめてくれません？」

背中がぞわぞわっとむず痒い。

私の直談判にもかかわらず、フィーはめちゃくちゃ不満そうな顔をした。

（むむむ。厄介オタクめ）

「というか私が残した魔術師を探す儀式、かぁ」

フィーの説明によれば、信託の魔水晶とやらは、魔力を持っている者が触れると発光するらしい。

光らせる部分に、恐らく意味はない。儀式を神聖に見せるための小道具で、あくまで重要なのは魔力を持っているかどうかの選別だろう。

（ああ……、なるほど）

（もしかして、あれを流用してるのかな）

心当たりがないわけでもない。

（魔力を分けてもらうための術式）

私の前世は、年中無休の超絶ブラック職場である。

魔力切れで倒れることなどしょっちゅう。それでも死ぬ気で働けと罵倒され、辿り着いたのが魔力を他人から回収するという荒業だった。

（あの術式に反応するかどうかなんて、魔法適正の有無とは関係ない話だと思うんだけどな）

（……ええ？　じゃあ魔術師不足って、もしかして――）

そもそも鑑定の儀式の信憑性が疑われる状態――とんでもない事実に気がついてしまった。

この事実は、こっそりフィーに教えるとして（こんな面倒な事、絶対に丸投げするのだ！）今考えるべきは、どうやって鑑定の儀とやらを適正なしで切り抜けるかだ。

「ふふっ、完璧に見えました。攻略法が――」

「大丈夫か？」

「バッチリです！　見ていて下さい。必ずしや、魔法適正なしの栄誉を手に入れてみせます！」

元になっているのが私が作った術式なのであれば攻略法は容易だ。

私は、フィーに自信満々のドヤ顔で頷き返す。

「何だろう。君がそうやって自信満々だと、また何かやらかす未来しか見えないんだけど……」

「え、縁起でもないこと言わないで下さい」

引きつった顔になる私に、フィーはこんなことを言う。

「俺としては、エミリアが〝きちんとした評価〟を得てくれたほうが嬉しいんだけどね」

「残念。フィーは、私が見事に適正なしの称号を受け取るのを、じっと見守っていれば良いんです」

フィーには悪いが、絶対に彼が望むような結果にはならないだろう。

そうして何とも言えないフィーの視線を受けながら、私はのんびりとハーブ摘みに戻るのだった。

＊＊＊

そうして、ついに鑑定の儀の日がやってきた。

「エミリア、今日は頑張ろうね！」

聖堂前で、私はやけに気合の入ったアンナと合流する。

「アンナ、随分と気合が入ってるね」

「もちろん。死んでいったお父さんとお母さんのため――私は、絶対に必ず魔力ありの判定を受けてみせるんだから！」

アンナの言葉は、いつになく真剣で。

（とは言っても、水晶に手をかざすだけなんだけどね）

鑑定の儀は、十二歳の少年少女の明暗を大きく分ける儀式である。

ここで魔力適正ありの座を手にすれば、王都で快適な暮らしが約束されているからだ。アンナのように、特別な思いを持って参加している者もいる。

（絶対に、絶対に魔力適正なしの座を勝ち取ってみせる！）

私は私で、異様に気合が入っていた。

もっとも周囲の人間とは真逆のベクトルではあったけど。


そうしてはじまった鑑定の儀は、つつがなく進行していく。

名前を呼ばれた者が前に出て、水晶に触れていくのだ。今年十二になるフローライト領の人間は、全部で十数人ほど。

「ユリーカ」

「は、はい！」

緊張した面持ちで、隣にいた少年が立ち上がる。

前に進んで水晶に手をかざし、

「適正、なしだ」

神官長の言葉に、落胆した様子で大きく肩を落とす。

(なるほど)

(フローライトで長いこと魔術師が見つかってないっていうのは、こういうことか……)

水晶は、まるで光る様子を見せない。

「アンナ」

「はいっ！」

あたふたとアンナが立ち上がった。

緊張した面持ちで前に出て水晶に手をかざし……、

「おぉぉおおお⁉」

「へ？」

水晶が突如として、赤く輝いたのだ。

(アンナは、やっぱり魔法適正ありになるんだ)

(もしかして魔道具を渡したせいで、魔力が体に馴染んじゃったせいかな)

もしそうなら、私のせいでアンナは魔力適正ありの判定を受けることになってしまったわけだけど——

「おぉおお！　ランクSSSの炎属性——数年に一度の逸材です！」

「本当に⁉　やった、やった！」

涙を浮かべて喜ぶアンナを見て、

(まあ良いか)

(何が幸せなのかは、本人が決めることだからね)

私はそう結論を出し、深く考えるのを止めるのだった。

「最後は——エミリア・フローライト」

「はい！」

アンナとパッチリ目があった。

その瞳は、私が優れた結果を出すに決まっていると信じ切っていた。

（ふっふっふ。でも、ごめんなさい）

（私には、この日のために用意してきた秘策があるんだよ）

私は、にやりと笑って水晶に触れる。

たしかに術式が私の身体を走るのを感じる。それは予想通り、体内の魔力をわずかに吸い出そうとするもので——、

（なるほど。こうやって各属性の魔力を持ってるか試してたんだね）

（でも悪いけど、〝あげない〟よ！）

私は、水晶からの要請を拒否する。

つまり信託の魔水晶は、魔力を受け取れない。すなわち、それは魔力ゼロ——魔法適正ゼロと同じ結果になるはずで、

（………あれぇ？）

そう思っていた私の想像をよそに、なぜか水晶が七色に輝きだした。

（何でぇぇぇぇぇ!?）

ちらりと振り返れば、アンナはとてつもなく嬉しそうな顔で目を輝かせていたし、こっそりと儀式を見に来ていたフィーは爆笑していた。

（おのれ。他人事だと思って！）

聖堂の中に、ざわめきが広がっていく。

このような結果は見たことはない、と。数年に一度の奇才。いや、伝説の聖女様の再来――そんな不吉な声まで聞こえてきて……、

（いやぁぁぁあああ!?）

（誤解、誤解なんですぅぅううう！）

ようやく私は、自らの失態を悟る。

というか前世の私の術式を思えば、ある意味当たり前の結果だった。

水晶は私のあり余る魔力を察知した上で、魔力の明渡しを拒否したという事実まで含めて結果として示してみせたのだ。

すなわち全属性に適正あり。かつ、魔力制御能力も高めという結果。

「……てへっ？」

（魔法学院なんて行きたくないんですぅぅぅ！）

もはや頼れるのは、神官長ぐらいしかいない。

私が、ちらっと上目遣いで見つめると、

「……ちっ、水晶の故障か？　ふん。適正、なし！」

まるで祈りが通じたかのように。

神官長は、面倒くさそうに声を張り上げた。

「なっ、たしかに水晶は光ったはずよ！」

「その通りだ。故障を疑うのなら、せめて再検査するべきで――」

アンナとフィーが、至極憤慨していたが、

（シャラップ！　もう判定は出た！）

（ありがとう、神官長ぅぅぅ！）

私にとって神官長の言葉は、絶望の中に差し伸べられた救いの手のように見えた。

「うるさい！　こんな穢れた地で、何人も魔術師が見つかってたまるか――その者は適正なし！　これにて鑑定の儀を終了する!!」

（何だかよく分からないけど、神官長ありがとう！）

混乱する聖堂の中。

私は、慌ただしく去っていく神官長にひっそり感謝する。そうして私の鑑定の儀は、めでたく魔法適正なしの判定で終わるのだった。

＊＊＊

聖堂の外に出て、私たちは街のなかを歩いていた。

行き先はいつものごとく、エルザおばさんの錬金工房だ。すっかりたまり場と化しつつあった――大丈夫なのだろうか。

「あり得ない。エミリアが適正なしなんてあり得ないよ！」

「まったくだ。水晶を七色に輝かせるなんて離れ業をやってのけておいて――よりにもよって適正なし、だと⁉」

「まあまあ。そんなこともありますよ」

私はぷりぷりと怒るアンナをなだめつつ、余計なことは言うなよ？　と忘れずフィーに釘を刺しておく。

「えへへ、魔法適正なし。魔法適正なし、かあ」

笑みが溢れてくるのを抑えきれない。

今や私の平穏な引きこもりスローライフは、守られたも同然なのである。

「アンナ、魔法の使い方。興味ある？」

私は、アンナにそう問いかける。

幼くして両親をモンスターに奪われたアンナ。彼女が、モンスターと戦うための力を望んでいたのは知っている。

友達として、私も少しでもその手助けがしたいと思ったのだ。

「エミリア、もしかして？」

「うん。その……、お父さまの書斎で読んだから教えられると思う」

「いい加減、無理があるだろその設定」

「うるさいですね」

何か余計なことを言いかけたフィーに、ピシャリと言い返しながら、

「でも、私だけが、そんな――」

「気にしないで。私にとっては、むしろ良い結果だから」

「そんなのおかしいよ！　私としては、とても助かるけど……」

「なら決まりっ！」

私は、そうアンナを説得する。

そうして私たちは、魔法の訓練をはじめることになった。

＊＊＊

数日後。

私たちは、街の裏にある山奥に集まっていた。ハーブ摘みをする場所とは逆方向にあり、あまり人が通らない荒れ果てた森であった。

（さすがに人目は避けておきたいからね）

鑑定の儀で得た魔力適正なしの判定。

どうにか切り抜けはしたが、油断は禁物。私が魔法に詳しいと思われれば、また面倒なことになるかもしれない。

基本的に、私が何かをしていても魔法を使えるかもしれないと疑う者は村の中にはいないだろう。それでも面倒事は避けたいところだった。

（まあ、それを言うなら完全に知識を隠すのが良いのかもしれないけど）

（やっぱりこれから魔術学院に向かうアンナのために、何かしてあげたいって思っ

ちゃったんだよね）

もちろん教えたのが私だ、ということは隠すように頼む予定だ。

そんな訳で私は、前世の知識も惜しむことなく披露し、アンナに魔法を扱うコツを伝授することに決めたのだった。

「アンナ、魔法の行使には想像力が何よりも大切です」

「想像力？」

「はい。現象がどのように引き起こされるのか、その過程を理解し、理論的に導き出すことで魔法は安定性を増していくんです」

私の言葉に、アンナはくりくりっとした目を瞬いた。

「待てっ⁉　詠唱が必要ないというのは、どういう意味なんだ？」

ちなみにフィーもアンナと一緒に、私の講座を受けていた。

（あんなに喰い付かれたら邪険にはできないよね）

大聖女エミーリア様の講座！　とフィーは目を輝かせていたっけ。

「お、落ち着いて下さい。フィー」

飛びかからんばかりの勢いで質問され、私は面食らうばかりだ。

（距離が……、距離が近いです！）

これでもフィーは、一国の王子。

この無防備さはどうなんだ……、と思いつつ、

「どうして詠唱なんてものが広まったのかは分かりませんが……。大事なのは現象を思い浮かべる想像力です」

私は、そう理論を説明していく。

「想像力、だと？」

「はい。詠唱はあくまで、その補助にすぎません」

魔力を操作して、現象に変換する。その工程を鮮明にイメージすることこそが、魔法を扱う上で何より大切なのだ。

「にわかには信じがたいな。詠唱を省いたら、とてもじゃないが魔法の威力を安定させられないだろう」

「何を言ってるんですか。そこを安定させるのが魔術師の腕の見せ所じゃないですか」

「ま、まじか……」

「フィーは、とりあえず詠唱せずに魔法を使うところからですね」

目を閉じ集中するフィーは、一言で言えば絵になった。

だけど私の目的は、フィーではなくアンナのほうで、

「私、本当に魔法使えるようになるのかな？」

「フィーは魔法に関しては、英才教育を受けてます。慌てず、ゆっくりいきましょう――筋は良いほうです」

私は、アンナの腕に優しく触れる。

「アンナ、まずは魔力を体の中で動かす感覚――こんな感じ。分かる？」

「う、うん……」

アンナは、目を閉じ体内に意識を集中していた。

（素直で……、良い子だね）

まずは、体内の魔力を感じること。

次にそれを体内で自在に操ること。

最後にそれを体外に放出して、想像力を駆使して自在に操ること。

それが魔法を行使する際に必要な工程であるが――

（これならすぐに、簡単な魔法なら使えるようになるかな）

じきに私の助けがなくても、魔力を操る――制御できるようになりそうだ。

もともと筋が良いのだろう。眉唾(まゆつば)ものの鑑定の儀の水晶ではあるけれど、適正SSの力はあながち嘘ではなかったようで。

「アンナ、無理しないで。そろそろ休みましょう」

「もうちょっと、もうちょっと——」

アンナは楽しそうに、魔法の訓練に打ち込んでいく。

そうして私たちは、楽しく充実した日々を送るのだった。

＊＊＊

それは訓練開始からちょうど一週間後のことだった。

「……出たっ！」

ポンッ、という音と共にアンナの手のひらから火の玉が飛び出した。

火属性の最下級魔法——その名もファイアボール。

「おぉおお！　おめでとう、アンナ！」

「やった、やったよ！」

アンナは私に飛びつき、涙を流しながら喜んでいた。

「ま、まじか。無詠唱魔法なんて技能を――訓練をはじめてわずか一週間で、まさか……、そんな――」

「フィー、これが本来の魔法なんですよ」

ちなみにフィーは、まだ無詠唱魔法を会得できていない。

詠唱魔法に慣れてしまうと、想像力だけで魔力を現象に変換するという工程の感覚がつかめず苦労するのだろう。

初めて発動した魔法に、随分と喜んでいたアンナは、

「私にも、これでモンスターと戦うための力が手に入ったのね」

しみじみと噛みしめるように、そう呟いた。

両親をモンスターに殺されたアンナは、モンスターに対して並々ならぬ思いがあるのだ。こうして遠い存在だと思っていた魔術師――自分が魔法を行使していること。感慨深いものがあるのは、想像に難くない。

「まったく。絶対にエミリアが適正なしなんてあり得ないよ」

一方、神官長への不満も随分と高ぶらせているようで、

「まあまあ。私はあくまで本で知った知識を口にしただけだから――それをものにしたのはアンナだよ」

「もう。エミリアがそれで良いなら、私は何も言わないけどさ」

アンナは、面白くなさそうに唇を尖らせるのだった。

《SIDE：王宮》

とある王宮の一室にて。

立派な調度品が飾られた部屋の中には、大きな丸机が置かれており、その周囲を七つの椅子が配置されている。

その部屋は、王国の中でも選ばれし者——すなわち王国の七盾と呼ばれる権力者のみが立ち入ることを許された場所であった。

王国の七盾とは、王国の貴族の中でもっとも目覚ましい活躍をした者に与えられる栄誉ある称号だ。彼らに与えられる権力は膨大で、ときに国政にも影響を与えるほどの権威を持っていた。

「ふむ。全員揃ったな——」

七盾を束ねる老人が厳かに口を開く。

年齢は五十代に差し掛かり、衰えも見え隠れしていた。それでも、その眼光はいまだ衰え知らず。彼は王国の剣聖と呼ばれ、王国の騎士団を束ねている男であった。

「これより、七盾会議をはじめる」

七盾会議――それは簡単に言えば、選ばれし王国の七盾の面々で話し合い、国の今後の行く末を話し合うための会議である。

無論、この国の最高権力者は国王である。

それでも七盾に任された権限は大きく、よほどのことがなければ七盾会議の結論を王家がひっくり返すことはない。

「今日の議題は、フィリップ殿下が入れ込んでいる少女についてだ」

フィリップ・ガイア。

類まれなる魔法の腕を持ち、知識・教養共に申し分なし。

いずれは国王になることを渇望（かつぼう）されていた第一王子が、もう長いこと王宮に戻っていないのだ。その表向きの理由は、フローライト領の視察ということであったが……。

「噂は本当なのですか？　その……、殿下に春が来たというのは」

フィリップのお眼鏡にかなう令嬢が現れないことは、ガイア王国の中では頭の痛い問題であった。

国としても、何とかフィリップの婚約者を見つけようと苦心したのだ。

令嬢たちは玉の輿(こし)を目指して、必死にフィリップに自身を売り込もうとしていた（それが逆効果になったという見方もある）し、ほかにも隣国の美姫(びき)をはじめとして、様々な見合いの場をセッティングされた。

しかし結果は、すべて空振り。

一部の者の間では、フィリップは男性にしか興味がないのではなどという噂すら駆け巡るそのような状況で、

「何でもフローライトの滞在延長を決めたのは、その少女の傍にいたいからだと……」

「しかも毎日のように会いに行っているらしいぞ」

「え？　〝あの〟フィリップ殿下がですか？」

視察についていった騎士団から入ってくる情報は、いずれも信じがたいものばかりだった。

「何者なんだ？　殿下の心を射止めた幸せな令嬢は⁉」

「それが――社交界デビューもまだの小さな少女でして」

「……は？」

騒然とする七盾会議場。しかしそんなどよめきも、次にもたらされる情報で消えることになる。

「そういえば最近、エルザ・フォーリング様から連絡があり――」

エルザ・フォーリングとは、元・七盾のメンバーであった錬金術師のおばあちゃんである。失われた技術を数多く蘇らせた偉業で知られており、今ではフローライトに拠点を構え、ひっそりと錬金工房を営んでいるという。

「エルザ様からの連絡だと？　それで、何と？」

「何でも、とんでもない錬金術師の卵を見つけたと。にわかには信じがたい話なのですが……」

エルザの後を継いだ錬金術師は歯切れの悪い声で、そう話を切り出した。

「最近、王都で流行っているブランド・エミリアはご存知ですか？」

「もちろんだ」

「最近は騎士団でも愛用しているよ。戦場では回復薬の品質が命を分けることもある――今ではブランド・エミリアの品以外は考えられんよ」

ブランド・エミリア――それはエルザ商会の派生ブランドだ。

庶民向けの安価な雑貨品を中心に販売するエルザ商会に対して、貴族向けの高級薬品を中心に発売するブランドである。

知る人ぞ知る隠れた名ブランドという扱いであったのも今や昔、気がつけば七盾の全員が把握している超有名ブランドへと成長を遂げていた。

「そのブランド・エミリアの生みの親――その方こそが殿下が会いに行っている少女だそうです」

「「⁉︎⁉︎」」

絶句する七盾の一同。

ブランド・エミリアの生みの親――その実力は元七盾のエルザすら太鼓判を押すほどだ。今後、どれほどの影響力を持つか想像に難くない。

たしかに縁起を結べれば国力を大きく向上させるだろう。極めて有効な一手ではあるが、たまたま視察に向かった先に、そんな有名人がいたなどという偶然が、果たしてあり得るのだろうか。

沈黙が場を満たす。

「その少女は、本物なのでしょうか……」

「普通に考えれば、殿下は騙されているのでは？」

「ですが、〝あの〟殿下を騙すって――相手はどんな悪女ですか」

推測が推測を呼び、紛糾する七盾会議。

その場を収めるように、紫髪の少女が立ち上がりこんなことを言い出した。

「ん。ここで話してても埒（らち）が明かない。私、見てくるよ」

「シノン様が直々に⁉」

「殿下が騙されてるなら放っておけない。それにブランド・エミリア――私も興味ある」

こくりと頷く少女――あらためシノン・レニュアス。

そうしてエミリアを調査するため、王国の七盾である大賢者・シノンがフローライトの地を訪れることが決まったのだった。

六章　エミリア、スパルタ訓練を施す

ある日のこと。

いつものようにアンナのお店を手伝っていた私は、見慣れない人影がこちらを覗いているのに気がついた。

一言で言うならば、紫色の髪を束ねた小さな魔女っ娘といったところだろうか。

(あの子、何の用だろう)

(もしかして迷子?)

そんなことを考えているとパチリと目があった。

少女はこちらに歩いてくると、

「あの……。探しもの、このお店で扱ってるか聞きたくて」

じーっと私の顔を覗き込んで、そう問いかけてくるのだ。

「ええっと、私でお力になれるのなら——」

「私が探してるのは……、対アンデッドのお守り」

（対アンデッド？）

あまり一般的に需要があるものではないと思う。

それでも聖女の操る聖魔法は、アンデッドのような不死系のモンスターには効果てきめん。得意分野ではあった。

（とはいえ見ず知らずの人にポンと渡すものでもないか）

（売ってないってことは、特注品ってことになるよね……）

「ごめんなさい。うちはあくまで雑貨屋だから、そういう専門の装備品は置いてないの」

私がそう断ろうとすると、

「困る。その……、旅のお守り」

少女は泣きそうな顔で、私を見上げてきた。

（うっ、何か事情があるのかな……）

うるうると瞳を滲ませる少女を見ていると、罪悪感がすごい。

「アンナ、ちょっとだけ席を外しても大丈夫？」

「まったく、エミリアは相変わらずお人好しなんだから。大丈夫だけど――やりすぎないでね」

結局、根負けした私は少女の頼みを聞くことにするのだった。

＊＊＊

数分後。

お店の外に出た私は、少女と向き合って座っていた。

「その、あなたのお名前は？」

「シノン」

「シノンちゃんは、お守り何に使うの？」

「ん。夜間のアンデッドは厄介――安全のために必要」

（夜にアンデッド型のモンスターに襲われたのかな？）

結界をすり抜けてきたはぐれのモンスターは、旅人にとって脅威だ。私は、移動中に少女――シノンから、どんな代物が必要なのか聞いていた。

小さな子供の一人旅。

その危険度は、並の旅人の比ではないだろう。

「お守り、ちょっと待っててね」

「……？」

私は、少女が首からかけているペンダントに手を伸ばす。

（あまり複雑な付与はできないけど）

（対アンデッド、っていうならこれで！）

本格的な魔法の術式を刻むのは、今この場では不可能だ。

それこそエルザおばさんに錬金工房を使わせてもらわないと無理だろう。それでもアンデッドが寄り付かないようにする程度なら、高濃度の聖属性の魔力をお守りに注いでおくだけで十分なのだ。

「はい、あくまでお守り程度だけど……。並大抵の相手なら、触れただけで浄化すると思うよ」

「な、何？　この魔力量⁉」

お守りを返すと、シノンはぽかーんと口を開いた。

（余計なお節介かもしれないけど……）

「それと、小さな子が一人旅してるのは、危ないと思う。できれば護衛の人を雇ったほうが良いんじゃないかなと――」

何も脅威は、結界をすり抜けてきたモンスターだけでない。

このような辺境では、盗賊などが出没する危険がある。小さな少女の一人旅は、どう考えても危険だと思ったのだが、

「む、私これでも十四！」

むすっとした表情で答えるシノン。

「うそっ、年上？」

ちなみにこの国では、十五歳から成人と扱われる。

（ど、どっちも未成年の子供だし）

（前世も合わせたら私のほうが上なんだから！）

訳の分からないことを内心で張り合いつつ、

（あ、そうだ）

（ちゃんと口止めしとかないと――）

「シノンちゃん。その……、私がそのお守りを作ったっていうのは、内緒でお願いね」

「どうして？　それほど素晴らしい腕を持ってるのに」

不思議そうな顔をするシノン。

私はグッと力を入れてこう力説する。

「面倒事を避けるため。私は誰にも知られず、ひっそりとここに引きこもっていたいの！」

「な、なるほどお……」

シノンは、怪訝（けげん）そうな顔をした。

この歳で旅をはじめるアウトドアな人間には、私の願いは分かるまい。

「そういうわけだから……。私、店番に戻るね」

「あ！　……その、王宮暮らしに興味は――」

いつまでもアンナに店番を押し付けてもいられない。

急いでお店に戻った私は、幸か不幸か、シノンが最後に口走った不穏な言葉に気がつくことはなかったのである。

《SIDE：フィリップ王子》

（はあ。今日は、エミリアは店番か）

（冷やかしなら帰れって、すごい嫌そうな顔されるんだよな――）

俺は道端に寝っ転がり、エミリアの迷惑そうな顔を思い出していた。

国のため、フローライトの秘密を暴く——そんな大義名分も、今や失われて久しい。ただ、このまま王宮に戻ったら二度とエミリアと会えない気がして、俺はいまだにフローライトの地にとどまっていた。

（これからどうするか、真剣に考えないとな）

（いつまでも、こうしてはいられない）

ずっと城を空けたまま、というわけにはいかない。俺は無理を言って、すでに二回ほどフローライトの視察期間を延ばしてもらっていた。

城に戻ったら山のように執務が溜まっているだろうと思うとげんなりだ。

「てか、あいつは本当に正体隠す気があるのか？」

エミリアは、どうも前世のレベルを基準に考える癖があるらしい。

魔法にせよ、錬金術にせよ——彼女の持つレベルは、この世界の常識に照らし合わせると〝少々〟異常なのだ。

もっとも、それを指摘しても……、

「そうなんですか？」

と不思議そうにキョトンとされるだけ。

そんなずれた日常が、今日も目の前で繰り広げられようとしていた。

（ってか、シノンじゃん。何してるんだ、あいつ）

エミリアと話していた少女は、王国の七盾――ガイア王国の中でもトップクラスの実力を誇る賢者の少女であった。

シノンは、七盾就任の最年少記録を打ち立てた天才少女だ。特に操る魔法の破壊力に関しては、右に出る者のいない魔術師である。

そんなシノンを前に、エミリアは何を思ったのか……、

（あの馬鹿、何してるの⁉）

エミリアは、お守りに濃縮された聖属性の魔力を注ぎ込んでいく。

例えるならシノンの周囲に簡易的な結界が張られたような錯覚か。魔力量に物を言わせた信じられない力技――高位の魔術師であればあるほど、それがいかに人間離れした能力であるか、正しく理解することだろう。

あんぐりと口をあけたまま突っ立ったシノンを置き去りに、エミリアはお店へと戻っていく。自分がどれ程のことをやってのけたのか、たぶん気がついていないのだろう。

「よう、シノン。こんなところで何してるんだ」

「へ？　フィリップ、殿下？」

「そのままで良い」

慌ててカーテンシーの構えを取るシノンだったが、俺はそれを手で制する。

「あれがブランド・エミリアの職人――とんでもない」

「そうだろう？　あれでも本人は、一般人のつもりなんだよな」

思わずくすくすと笑ってしまう。

そんな俺の様子を、シノンは驚いたように見ていたが、

「殿下でも、そんな顔を見せるんだ」

なんて不思議そうに呟くのだ。

「それでご婚約は、いつ頃？」

「は？　何でそんな話に？」

「殿下についに春来たるって。王宮は噂で持ちきり」

（どうしてそんな話に！）

俺は、内心で悲鳴をあげる。

「そんな予定はないさ。まずエミリアに、その気はない」

「殿下が本気で口説けば一撃？」

「そうならどれだけ良かったことか――まるで意識すらされてないんだよ」

自分で言ってて、悲しくなってきた。

それにしてもシノン——王国の七盾が、エミリアのことを調べるために動き出しているとは……。

（このことを本人が知ったら、どう思うことか——）

間違いなく真っ青になることだろう。

絶対にエミリアの意志なく、王宮に連れて行くようなことはしない。聖獣との約束もあったが、何よりエミリアの悲しむ顔は見たくなかった。

「それで……、どうするつもり？」

「どうするつもりも何も……。本人の意志を尊重する——当たり前のことだ」

「殿下にしては随分と悠長」

シノンの咎めるような目線が、俺を貫く。

国のことを考えて、さっさとエミリアを取り込めと言いたいのだろう。そうは言っても、ここは俺なりの譲れない一線だった。

「勝手なことはするなよ。この件は、俺の判断を優先してもらおう」

「ん。命令っていうなら少し待つ」

しばしの睨み合いの末、ひとまずシノンは素直に引き下がる。

　そうは言っても俺の判断が間違っていると思えば、シノンの報告を受けた七盾が、間違いなくエミリアのことを父上に伝えるだろう。

　そうなれば父上は、手段を選ばず、エミリアの意志など関係なく、国のために利用するよう俺に命じるだろう。

（七盾は、このことをどう判断する？）

（早く、何とかしないと――）

　焦りに駆られた俺は、固く拳を握りしめるのだった。

《SIDE：エミリア》

「入学試験に実技試験がある⁉」

　ある日、私はフィーからとんでもない事実を知らされた。

「分かった。アンナ、狩りに行こう」

「「待って⁉」」

　アンナはすでに、簡単な魔法なら使えるようになってきている。

　魔術学院のレベルは分からないが、そう後れを取ることはないと思う。それでも入学試験に実技試験があるというのは、不安材料だった。

「なるほど、実技試験か。やっぱりモンスターの一体や二体、軽くひねり潰せるようになっておいたほうが良いんですかね」

「落ち着いてエミリア。せいぜい魔力量を測定したり、得意な魔法を見せてもらうぐらいだと思うから！」

「え？　それだけ？」

「それだけでも普通は十二分にすごいことだから！」

フィーが、呆れた目で私を見た。

（フィーったら、また馬鹿にして……）

最近は、こういう顔で私を見る頻度が増えている気がする。

私がそれだけの回数やらかしているということかもしれないけど……、ここは気にしたら負けである。

そうして私の提案は、無くなったかのように見えたが、

「エミリア、モンスター相手の実戦訓練！　行きましょう！」

そんなことを言い出したのはアンナだった。

私がちらりとアンナを見ると、強い視線で私を見るアンナと目線が合った。

「アンナ、本気なの？」

「だってモンスターと戦うための力――ようやく手にしたんだもん。エミリアさえ良ければ……、お願い！」

アンナは、ぺこりと私に頭を下げた。

（アンナは、先を、先を見てるんだ）

（この子にとっては、そこまでやれてこその魔法――なんだね）

「やめてよ、アンナ。そうやって頭を下げるのはさ」

「……じゃあ？」

「友達だもの――力を貸すのは当たり前だよ」

私の見立てではモンスター相手に怯えなければ、アンナならもう下級モンスター相手に後れを取ることはないと思う。

「それじゃあ、明後日の店番が終わった後に集合ってことで」

「はい、エミリア師匠！」

（アンナの師匠呼び、可愛いね!?）

私たちは、モンスター相手に魔法の練習をする約束をするのだった。

＊＊＊

やがてモンスターを相手にする実戦訓練を行う日がやってきた。

メンバーは、私、アンナ、フィー、ルドニアのいつものメンバーに加えて、

「ん。アンデッドが怖くて帰ってきた」

「あなたは、あのときの――」

目の前にいるのは、少し前に私がお守りを渡した女の子だった。

「はぐれのモンスターを倒しに行く？　……なら私も。これでも腕には自信がある」

「え？　いや、たぶん大丈夫だと思うけど――」

（できればこれ以上は、見られる人を増やしたくないんだけど……）

「そういう油断が危ない」

シノンと名乗った少女は、半ば強引に私たちの後についてこようとした。

「不測の事態。人数がいると安心」

「それはそうだけど――」

私は、ちらりとフィーやルドニアを見る。

(何も言わないってことは、同行者を増やすことに反対ではないのかな)

(この子もこの子で危なっかしいし……)

——すでにシノンとフィーたちが知りあいであるとは、夢にも思わないエミリアであった。

正直なところ、人数が増えると守る難易度が上がるので避けたい。

それでもシノンだって、一人旅でこんな辺境までやってきたのだ。自分の身ぐらいは自分で守れるだろうし、

「それとも迷惑？」

ショックを受けた様子のシノンを見て、

(うっ……)

「一緒に行こうか」

根負けした私は、そう答えるのだった。

実戦訓練の相手として選んだのは、はぐれのモンスターであった。

はぐれのモンスターというのは、結界を越えて人間領に迷い込んできてしまった

モンスターの総称だ。

魔族領に住むモンスターと比べて脅威は少ない。それでも無力な人間が出くわしてしまえば、命を落とす可能性もある危険な相手だった。

「いつもの森の奥深くまで進めば、たぶん見つかると思う」

アンナといつも魔法の練習をしていた森の中を、私はずんずんと突き進む。

基本的にはぐれのモンスターは、人が大勢いる街を襲うことは少なく、森の奥深くや洞窟(どうくつ)に住み着いていると言われている。

今探索している村近くの森は、基本的には立入禁止となっていた。こうして森の奥深くまで入り込むのは、肝試しに来ていた命知らずか、モンスターの討伐を生業(なりわい)とする賞金ハンターぐらいのものだろう。

しばらく森の中を進み、

「いましたッ」

私は歩みを止め、物音を立てないよう仲間に目配せをする。

遠目では猪(いのしし)型のモンスターが、呑気に草を食べていた。

「ジャイアントボアですね。アンナ、出番です」

「あれを、私が……」

ごくりと息を呑むアンナ。

一見、温厚そうな動物のようにも見えるが、ジャイアントボアは立派なモンスターである。頭に生えている鋭い角の一撃は凶悪で、当たりどころが悪ければ命を落とす可能性もあった。

（まあ、そんなことさせないんだけどね）

もしこのアンナを襲おうものなら、組み込まれた迎撃魔法が発動して、一瞬でジャイアントボアを消し炭に変えることだろう。

「ん。最初は私が手本を――」

やっぱり腕に自信があるのだろう。

シノンが杖を持ち、前に出ようとしたところで、

「ううん、私がやる！」

アンナは真っ直ぐに腕を前にかざし、

「やぁっ！」

そんな気の抜けた声と共に、魔力を撃ち出した。

可愛らしい掛け声とは裏腹に、超特大サイズの火炎弾が飛び出し、

「無詠唱魔法⁉」

驚くシノンをよそに、ジャイアントボアに着弾。

一瞬で、モンスターを焼き尽くした。

（うんうん。まあまあの威力！）

教えた私としても、満足な結果だ。

しばし自分の起こした光景に信じられないとばかりに目を瞠っていたアンナだったが、やがては現実感が湧いてきたのか、

「やった、やったよエミリア！」

「おめでとう、アンナ」

歓喜の声と共に飛び上がり、アンナが駆け寄ってきた。

そのままこみ上げてくる感情のままに、アンナは私とハイタッチする。

「アンナ、君は魔法を使ったのは本当に一週間前からなのか？」

「は⁉　一週間前⁉」

フィーの言葉に、引きつった顔で聞き返すシノン。

アンナはにこやかに微笑むと、

「はい！　鑑定の儀で火魔法に才能ありと言われて——全部、エミリアのおかげです！」

なんて答えるのだった。

（そう言ってくれると、教えた甲斐があったってもんだね）

アンナの言葉はこそばゆいものの、決して不快なものではなく。

そうして何とも言えない顔になったシノンをよそに、私たちは更に森の奥に進んでいくのだった。


その後も、似たような光景が繰り返された。

アンナの操る魔法は、初心者にしては随分と強力なものだった。アンナは現れるモンスターを、すべて一撃で葬り去っていく。

「し、信じられない。私、夢でも見てる？」

「残念ながらすべて現実だ。エミリアだけでなく、どうやら彼女の友人も我々の常識で考えないほうが良いようだな」

ヒソヒソ、とシノンとフィーが何やらささやきあっていた。

「どう、エミリア？」

「バッチリ！」

ときどきこちらを振り返って嬉しそうに笑いかけてくるアンナ。

(可愛い！)

(ってそうじゃなくて、ちゃんと改善点も考えておかないと……)

私は、じーっとアンナの戦いぶりを見守っておく。

そうして更に小一時間ほど経ち、そろそろ戻ろうかというところで――、

「何、こいつ。強そう……！」

「下がれ、アンナ。こいつは――オーガだ！」

現れたのは、巨大な棍棒(こんぼう)を構えた鬼型のモンスターだった。

さっと剣を抜き、私たちを庇うようにフィーとルドニアが前に出る。

「ちょっとフィー、危ないですって」

(まったく、危険を前にして前線に出る王子ってどうなの⁉)

(護衛泣かせも良いところだよ)

率先して前に出る姿勢は、好ましいものではあるけれど。

「この人数で、オーガを倒せますかね？」

「馬鹿言うな。どうにか隙を見て逃げ出すぞ」

ルドニアとフィーが、そうささやきあっていた。

オーガもこちらを警戒しているのか、睨み合ったままどちらも動けない。

「まずは俺が牽制の一撃を入れよう。その隙に魔法を目に撃ち込んで――」

「ん。目眩まし」

「わ、私も手伝います！」

見ているだけだったアンナも、ここぞとばかりに手を上げた。

（この分なら、私は手を出さないでも大丈夫かな）

（念のため、周囲を警戒しておきつつ――）

目の前の敵に集中していて、気がついたらモンスターの集団に囲まれていたなんてことになったらシャレにならない。

フィーがオーガの肩口に斬りかかり、戦闘がはじまった。

「土くれよ、穿て――ストーンニードル！」

オーガの意識がフィーに向かった瞬間、シノンがすかさず魔法で追撃する。

土でできた鋭い刃が、寸分違わずオーガの目に突き刺さったが、

「ガァァアアアアッ！」

オーガはむしろ怒り狂ったように、激しい咆哮を上げた。

どうやら完全に視力を奪うには至らず、激しい怒りのこもった目でシノンを睨みつける。

「まずい――」

オーガの咆哮には、スタン効果が付与されていたらしい。

更にオーガは、予想だにしない行動を取った。手にした棍棒を振りかぶり、シノンに向かって投げつけたのだ。

まともに咆哮を喰らってしまったシノンは、ぺたんと座り込んだまま動けない。

このまま行けば、直撃は避けられない――

「しまった――」

フィーのカバーに入れるよう構えていたルドニアも間に合わず。

私が、ひそかに盾魔法を発動しようとしたところで――、

「やぁっ!」

果敢に割り込んだのは、アンナだった。

巨大な火の玉があらわれ、それは狙い違わず棍棒に直撃する。

(アンナ、やるね……!)

動く対象に魔法を当てるのは、魔術師にとって得難い才能だ。

シノンの命を奪おうとしていた棍棒は、あっさりと空中で爆散した。間一髪のところで助けが間に合い、アンナは満足げに頷くのだった。

「厄介なことになりましたね」

「くそっ。オーガなんて、この人数で相手にするモンスターじゃないしな」

フィーとルドニアが、冷や汗をかきながら再びオーガと向き直っていた。

オーガはどうやら、こちらを脅威とみなしたらしい。木を引っこ抜き、それを武器のように扱いながら、殺意剝き出しにこちらを睨みつけていた。

「どうにか逃げることは――」

「向こうは逃すつもりはなさそうですね……」

恐ろしいことにオーガはいまだに無傷。

フィーの斬撃も、シノンの攻撃も、アンナの魔法すらオーガにダメージを与えることはできなかったらしい。

（このままだとまずいね）

こちらの攻撃は通らず、かろうじて回避するのが精一杯。

防戦一方だった。

（どうしよう）

（どうにか正体を隠しながら、私があいつを倒さないと――）

私がそんな決意を固めたとき、

「二人共。時間稼ぎに徹して——私がやる」

「頼らせてもらう。まさかこんなところで大賢者様の魔法が見られるとはな」

(大賢者……？)

どうやらシノンという少女に、奥の手があるらしい。

私がフィーをちらりと見ると、ここは任せろとばかりに頷かれた。基本的にフィーは、私が正体を隠すのを協力してくれている。

(なら……、大丈夫なのかな)

シノンは深く集中し、呪文の詠唱をはじめた。

最初に使った魔法よりも数倍長く、複雑な詠唱だった。更に体内の魔力が可視化できるほどに、大気中に放出されており、

(すごい魔力量！)

(だからこそ、この詠唱は勿体ないよ!!)

将来有望な女の子だと思う。

オーガも、シノンが一番の脅威だと感じたのだろう。しかしシノンに飛びかかろうとするオーガを、フィーたちは決死の覚悟で足止めし、

「ん。もう大丈夫。すべてを焼き尽くす焔よ、顕現せよ――フレア！」

ついにシノンが、大規模な魔法を完成させた。

（って、火炎魔法！）

（燃える、燃えるって⁉）

こっそり周囲に結界を張り、私は周囲に火が燃え広がらないようにする。

地面から火柱が立ち昇り、一瞬でオーガを包み込む。だいたいのモンスターであれば、跡形すら残らないであろう強力な魔法だった。いくらオーガという強大なモンスターであっても、ダメージは免れず、

「ガァァッッッッー！」

しかし体のあちこちを黒焦げにしながらも、その闘志はまるで衰えず。全身から殺気をみなぎらせ、オーガは再びこちらに襲いかかろうとしていた。

「おい、まずいぞ！　さっきのもう一回、撃てるか？」

「連続しては、無理！」

いつになく慌てた様子のフィー。

シノンは、ぜぇぜぇと息をしながらそう返す。

（とどめぐらいは私が！）

（この時代の魔法の基準は分からないけど……、〝同じ魔法〟を再現するだけなら大丈夫だよね）

私は、一歩前に出て、

「すべてを焼き尽くす焔よ、顕現せよ――フレア！」

さっき見た魔法を再現する。

（詠唱の必要はないけど、このほうが自然だよね）

まばゆいばかりの火柱が立ち昇る。その炎は轟々（ごうごう）と燃え盛（さか）り、オーガを喰らいつくそうと飲み込んだ。

「なっ⁉　それは私の――」

不死身の肉体を持つかのように見えたオーガであったが、やがては力なくその場に崩れ落ち、

「ふう。一件落着かな」

私たちは、ついにオーガを討伐することに成功したのだった。

『エミリア、フィリップ王子たちも――大丈夫だった⁉』

オーガを倒して少し経った頃。

フェンリル形態のリルが、私たちの前に姿を現した。

「ひいっ」

怯えたように後ずさるシノン。

（あ、やばっ。うちの聖獣がすいません）

（まさか、聖獣だって気がつかれはしないだろうけど——ある程度の使い手なら、格の高さは分かるもんね）

オーガと遭遇した次は、聖獣と対面する羽目になったのだ。

シノンのトラウマにならないと良いけれど……。

「ありがとう、リル。私たちなら大丈夫です」

『それなら良かったよ』

こっそり心の中で会話する私とリル。

さすがにシノンにまで、私が聖獣と契約しているとバレるのはまずい。

『それにしてもボクのことを恐れず、それどころか気がつかれずにフローライトに侵入するなんて——こいつはいったい、何者なんだろう』

去り際、リルはしきりに首を傾げていた。

帰り道は、誰しもが無言だった。

「私の魔法じゃ、やっぱりモンスターには通じないのかな」

「いやいやいやいや。その年でそれだけ魔法を放てるのは天才だからね⁉」

「意味不明」

落ち込むアンナに、フィーとシノンからそんな声がかけられる。

「でも、エミリアは――」

「「あれは規格外だから、比べちゃ駄目（だ）ね」」

そして二人共、私の扱いが酷い。

（使う魔法をミスった？）

シノンからは、ちらちらとこちらを窺うような視線を感じる。私はそれに気がつかないフリをしながら、早く街に着くように祈るのだった。

《SIDE：シノン》

エミリアという少女を調査するため、私――シノン・レニュアスはフローライト領に向かっていた。

移動中の馬車の中で、私はエミリアという人物の情報を思い出していた。

（フローライト領の四女で、最近はエルザ商会のお店の手伝いに精を出す）

（普段はハーブを摘んで、家計の足しにしている？）

出てきた情報は、典型的な貧乏貴族の令嬢のそれで。

鑑定の儀の結果は、残念ながら適正なし。

ブランド・エミリアの噂はあれど、他にこれといった情報も見当たらず——フィリップ殿下が入れ込んでいるという話が本当なら、他にも目立つ情報が出てきてもおかしくはないと思うのだけど。

（まあ、直接見れば分かる）

（どんな人なんだろう——）

これでも私は、天才少女などと呼ばれることも多かった。

だからこそ自分よりも年下の少女が、すでに王宮を騒がせているのを聞き、純粋に興味を持ったのだ。

——天才少女シノン・レニュアス。最年少で王国の七盾にも選ばれた稀代の天才。

——シノンという少女には、致命的な弱点があった。致命的なまでにコミュニケーション能力に欠けていたのだ。

（そして願わくば友達に――）

（私、話しかけられるかな……）

そんな淡い期待と共に、私は馬車の到着を待つのだった。


目的の相手は、すぐに見つかった。

何せエルザ商会で、本当に店番をしていたのだ。

（まずは錬金術の腕前をたしかめる）

私はエミリアに、アンデッド対策のお守りを作ってほしいという無茶な要求をした。

エミリアという少女は、優しい女の子なのだろう。

私の依頼に少しだけ面倒そうにしながらも、最後には困った私を放っておけないとばかりに手を差し伸べてくれたのだ。

その方法は、まるで意味の分からないものだった。

（聖属性の魔力をありったけ注いで、物理的にアンデッドを弾く？）

（た、たしかにアンデッド対策にはなる。なるけど！）

少なくとも錬金術師の仕事ではない。

どちらかといえば、それは魔術師――私の領分に近い。

（いったい、どうなってるの？）

相当の力を持っているのは間違いなさそうだ。

それなのに、まるで野心を持っている様子もない。

さり気なく王宮に興味がないか聞いても、華麗にスルーされてしまい――私は、ひっそりとエミリアの調査を続けることを決意するのだった。


それからの日々は、驚きの連続だった。

まず意外だったのは、フィリップの変わり様だろうか。

（あの堅物王子が⁉）

（めちゃくちゃ、あの子に入れ込んでる⁉）

本人は隠しているつもりなのかもしれないが、傍から見ていると恥ずかしいぐらいに意識しているのがバレバレであった。

エミリアから、まるで相手にされていないのが残念さを増していた。

（というか、あの子――本当に何者？）

どうやらエミリアは、アンナという少女の教師役を担っているようだ。

ごっこ遊びという訳でもなく、その少女はみるみる魔術師として頭角(とうかく)を現しつつあった。

（って、モンスター相手に実戦訓練？）

（あり得ない。危険すぎる！）

止めるべき立場にあるはずのフィリップは、すっかりエミリアに骨抜きにされているのか、当たり前のようについていこうとする始末。

（私が、しっかりしないと）

そんな危機感と共に、私はエミリアたちの集まりについていくのだった。

——そこで見たものは、正直、目を疑うものばかりだった。

まずアンナという少女が放つ魔法の威力がおかしい。すでに王宮魔術師の中堅レベルにはゆうに到達しているように見えた。魔法の練習をはじめて一週間程度と聞かされて、たちの悪い冗談かと思ったほどだ。

挙げ句の果てに、オーガを相手にした戦いだ。

（騎士団の助けを待つべき？）

（私だけで、この子たちを守り抜ける？）

渾身の力を込めて放ったフレア。

それは私が七盾の地位まで上り詰めるに至った、切り札ともいえるオリジナル魔法だ。

そんな魔法を、エミリアという少女は――

(馬鹿な――)

あっさりとコピーしてみせたのだ。

間違いない。彼女は、錬金術師としての腕前は当たり前のこと、魔術師としても想像もつかない力を秘めている。

そんな私に、さらに追い打ちをかけるような出来事があった。聖獣だ――聖獣フェンリルが、どう見てもエミリアに忠誠を誓っていたのだ。

(まるで、意味が分からない)

(こんなこと、こうして目で見ないと信用できる訳がない)

私だって誰かからこの話を聞いても、相手の正気を疑うだけだろう。

(本当に想像以上)

(七盾会議で、どう報告したものか――)

ふと思い出したのは、フィリップ殿下の願いだ。

できる限り、エミリアの意思を尊重したいという言葉。

(現実的な範囲に抑えて報告するしかない)

結局、私はそんな結論を出し、王都に戻っていくのだった。


(それにしても強いし、良い子だし――)

ふんわりした笑顔でアンナを応援していたエミリアの姿を思い出す。

おまけに見ず知らずの私が困っていたら、対アンデッドのお守りなんて桁外れの代物をあっさり作ってくれるお人好しで……、

(もっと仲良くなりたいな)

(魔術師ギルド、欲しいな、あの子――)

ひそかに私の中に芽生えたそんな思い。

――王国の七盾内で、まもなく熾烈なエミリアの取り合いがはじまるのだが、それはまた別の話である。

七章　エミリア、スタンピードを解決する

《SIDE：アンナ》

私――アンナの人生は、ある日を境に一変していた。

最初に会ったときは、ちょっぴり気に食わない相手に文句をつけて溜飲を下げたいぐらいのものだった。

それなのに……、

「まさか私が魔術師になって、モンスターと戦うようになるなんて」

いまだに信じられないことだが、私はすでに魔術師として弱いモンスターであれば一撃で倒せるぐらいの実力を身に着けているらしい。

（もちろん、これは全部エミリアのおかげ）

（あの子と出会わなかったら、きっと私はちっぽけな自己満足を抱き続けて、つまらない生き方を今もしてたんだ――）

そんなエミリアであったが、彼女は何かを隠している。

でもそんなことは何も関係ない。興味がないと言ったら嘘になるが、暴こうとは思わないし、その生き方に口を出そうとも思わない。

エミリアこそが私の恩人である——唯一の真実はそれだけなのだ。

＊＊＊

ある日。

そんなエミリア信者である私の元に、不快な使者がやってきた。

「はぁ、神官長の使いですか……」

「ええ。何でも、いきなり魔力の才能ありと言われて困っているだろうと——神官長が直々に魔法の手ほどきをしたいとおっしゃっています」

神官長の使いは、胡散臭い笑顔で私を誘った。

面倒極まりない誘いであるが、すでに面会の予定を取っていると言われてしまえば、心情的に断りづらく、

（むむ……）

（今日は、せっかく一日、エミリアと訓練ができると思ったのに！）

私は内心で苛立ちつつも、丁重にお断りすべく、使者の後をついていく。

「ようこそいらっしゃいました、アンナさん」

広々とした誰もいない聖堂で、神官長が私を待っていた。

ひょろひょろっとした長身。神経質そうな顔をしており、私は鑑定の儀のときから苦手意識を抱えていた。

「今日はお招きいただきありがとうございます。ですが……」

「まあまあ、積もる話はまずは座ってから――」

「友達を待たせてるんです。今日来たのは、ありがたい提案なのですが、お断りするためで――」

私が断ろうとしたが、

「それは魔法の特訓より大事なことなのかね？　アンナ、適正ありとは言え魔法を使えないと困るだろう？」

神官長はよりにもよって、元の予定よりも自分の誘いを優先するよう迫ってきたのだ。

（うっさいわね）

（エミリアとの誘いより大事なことなんてないわよ！）

私はピキッと頬を引きつらせつつ、

「魔法ならだいぶ使えるようになってきているので大丈夫です」

軽く会釈しながらそう返す。

「強がりは良い。ただでさえフローライト出身なんて言ったら馬鹿にされるんだ——良い魔術師になりたいなら、少しでも早く訓練をはじめたいだろう」

「嘘じゃありません。良い師匠だっています」

むっとして思わず言い返す私。

「ふむ。この辺境の地に？」

神官長は不思議そうな顔で、首を傾げながら私に問いかける。

「エミリア様です。教え方がとても素敵で……、今日も約束があるので——」

「はっはっは、馬鹿らしい。奴は適正なしだった——それは絶対だ」

嘲るような言葉に、私はカチンと来た。

（だいたい水晶が光ったのに、適正なしと言い張ったのはこいつ！）

（いったい何のために……）

「エミリア様は、あなたなんかより優秀な魔術師です！」

剣呑な目つきになって神官長を睨みつける私は、感情のままにこんなことを叫んでいた。

大切な友達を馬鹿にされて我慢できなかったのだ。

――効果はてきめんだった。

「そんなことはない！　由緒正しきエルンスト家の私が、よりにもよって辺境の小娘に劣るなど――断じてある訳がない！」

血走った目でそんなことを叫ぶ神官長は、どこか不気味だった。

「な、何を……」

神官長の様子は、はっきり言って異常だった。

私は思わず後ずさりながらも、思考は高速で回転し続ける。

（ま、まさかエミリアを適正なしにしたのは――）

（この神官長がエミリアに嫉妬したから⁉）

脳裏によぎったそんな考え。とは言え今の不気味な神官長に、そんなことを問い詰められるはずもなく……、

「失礼します！」

私は、逃げるように聖堂を後にするのだった。

《SIDE：エミリア》

私は、今日も変わらぬ平穏な日々をすごしていた。

（良いね、良いよ！）

（これって、ついに念願のスローライフに成功してるんじゃない⁉）

一週間前なんて、昼までゆっくり布団でごろごろした後に、気ままに散歩に向かうなんて最高の贅沢をしてしまった。

（転生して良かった‼）

ちなみに今日は、アンナと約束したハーブ摘みの日だ。

休日にお友達と楽しくお出かけ。これも前世ではできなかった経験で、やっぱり私の胸を躍らせる。

（そういえば最近、アンナの元気がない気がする）

（大丈夫かな？）

私は首を傾げながら、集合場所に向かうのだった。

魔法の訓練、兼、ハーブ摘み。

私はハーブ摘みを通じて、繊細な魔力制御をアンナに教えていた。

「む～、難しいよ……」

「アンナは大雑把な魔法のほうが得意みたいだね」

「うん。私はモンスターと戦ってるほうが性に合ってるみたい！」

お手上げというように手を上げて、その場に座り込むアンナ。

ハーブの位置を魔法で探索するのは、薄く均等に体外に魔力を飛ばすという繊細な魔力制御が求められる。

（もともとアンナの適正は火属性だしね）

（風を主とする探知魔法は、あまり向かないのかも――）

「次は、いつ狩り行くの？」

「アンナも変わったね」

「そう？」

「何というか、たくましくなったと思う」

モンスターを前に怯えていたアンナは、もう面影すら残っていない。

アンナは戦闘面では、今も恐ろしい勢いで成長している。何より向上心がすごいのだ。数週間前には随分と手こずったオーガが相手でも、今なら一対一で良いところまでいくかもしれない。

(そういえばシノンは、旅立っちゃったな)

(フィーたちだって、視察でここに来てるだけなんだよね。いつまでもいられる訳じゃないんだ——)

フィーやルドニアとは、転生してからずっと一緒にすごしていた。

いつの間にか傍にいるのが当たり前のように感じてもいて、いずれここを去るときがくると思うと少しセンチな気分になる。

(最近は、フィーも何やら忙しそうだしね)

少し前に会った時、フィーは城にいる者と連絡を取り合い忙しそうにしていた。

そんな考え事をしていたとき、

「ッ!」

私は、ある違和感に気がつく。

「アンナ、気がついた?(ひそひそ)」

「私たち、つけられてる?(ひそひそ)」

偶然、同じ方向に歩いているという線は考えづらい。

私たちが歩みを止めると、向こうも一定の距離を保ったまま立ち止まるのだ。おまけに足音を立てないように気をつけながら歩いており……、間違いなく尾行されている。

（バレバレだよ）

（でもアンナも気がついてたのは嬉しいね）

ハーブ摘みを通じて身につけた魔力制御能力。それが尾行の察知にも役立ったのだろう。

「走れる？（ひそひそ）」

「どうするの、撒く？（ひそひそ）」

「いえ、迎え撃ちましょう（ひそひそ）」

「そうこなくっちゃ！」

ニヤリと笑いながら、私はアンナを連れて森の奥に走り出す。

（仕掛けてくるとしたら、人目が完全に無くなってからだよね）

（うんうん。ちゃんとついてきてるね）

私は足音が追いついてくるのを確認しながら、アンナの手を摑んで森の中を駆けていくのだった。

そうして入り組んだ森の中で歩みを止めると、

「おまえに恨みはないが……、悪くは思うなよ」

「へっへっへ、簡単な依頼だなあ」

短刀を手にした男たちが、ノコノコと姿を現した。

（予想通り八人か）

（う～ん。山賊？　知らない顔だけど……）

当然だが、命を狙われる心当たりなどない。

そっとアンナを後ろに庇いつつ、私は敵を無力化しようと思って、

「てりゃあっ！」

「へ？」

私の横を、凄まじい勢いで火球が飛んでいった。恐ろしい轟音と共にそれは山賊の一人に直撃し、そのまま意識を刈り取った。

「私の大切な友達を狙うなんて、覚悟はできてるんでしょうね！」

「「「ひぃぃぃ……」」」

（アンナ、怖っ！）

悲鳴の一人は私である。

そこからの展開は、一方的な地獄絵図が展開されていった。

怒りに燃えるアンナは恐ろしい勢いで魔法を展開して、次々と山賊をノックアウトしていく。思わぬ反撃を喰らって逃げ惑う山賊たちは、とても応戦できる状態ではなく……、

（アンナ、すごっ！）

（……怒らせないようにしよ――）

数分後。

風景を一言で説明するなら、死屍累々という表現がピッタリだろうか。

地面にはあちこち焦げた山賊が転がっていた。ぴくぴくと動いているから、死んではいないようだけど、我が友達ながらなかなかに容赦がない。

「い、一応殺してはないと思うけど――」

「ありがとう、アンナ」

「私は誰かを守れる人になりたかったの。これぐらい当然よ」

すっきりした顔で言うアンナ。

「それでエミリア、こいつらに心当たりは？」

「ない。でも依頼って言ってたから……」

私は魔法で紐を生み出し、山賊たちを縛り上げていく。

一応死なない程度に、魔法で治療を施しつつ、

「くそっ、何が小娘を一人殺すだけの簡単な依頼だよ」

「ボディーガードがこんなに強いなんて聞いてねえぞ!?」

そんなことを毒づく山賊たちを、

「あら、エミリアはもっともっと強いわよ」

「「そんなアホな!?」」

アンナは地獄に叩き落とす。

(なっ、人をバケモノみたいに……)

(そんなに怯えた顔をされるのは心外だよ)

私は内心で頬を膨らませつつ、

(まあこの人たちは、騎士団の人たちに回収してもらおう)

(問題は依頼主が誰か、ってことだけど——)

私は、ぴくぴく震える山賊の一人に近づくと、

「ひぃぃぃぃ……。どうか命だけはお許しを——」

「それは、あなたの態度次第ね」

「ふふ、素直に話したほうが身のためですよ」

私が微笑みかけると、可愛そうなぐらいにガクガクと震えていた。

尋問に加わるアンナも、なぜかノリノリである。

（ちょっぴり可哀想な気もするけど、完全に自業自得）

もともと雇われただけで、忠誠心の欠片もなかった様子。

山賊たちはすぐに、洗いざらい真実をぶちまけるのだった。


その後、街に戻った私たちは、今後の方針を決めていた。

山賊たちのことはフィーにお願いしたので、今頃、騎士団に回収されているはずだ。

「依頼主は、キャスター・エルンスト。神官長、かぁ」

「あいつ！　本当にエミリアに手を出そうとするなんて――今すぐ焼き払ってやろうかしら」

えらく過激なことを言い出すアンナ。

何でも昔、魔法を教わる気はないかと誘われたらしい。

その時は私に教わっているから良いと断ったそうなのだが、その時に私が逆恨みされてしまったそうで、

「ごめんなさい、エミリア。私のせいで……」

「何言ってるのよ、アンナ。悪いのは全部、神官長じゃない」

泣きそうな顔をしたアンナを宥めつつ。

(適正なしをくれた神官長には、むしろ感謝してるぐらいなんだけど)

(面倒なことになったね――)

逆恨みの理由が、正直、意味が分からなかった。

「やっぱり、許せないわ！　ここは乗り込んで、いっそ息の根を止めて――」

「どうどう、アンナ」

一方、アンナは怒り心頭といった様子。

(このまま放っておく訳にもいかないよね)

結局、私はそう判断する。

そうして翌日、私たちは聖堂に向かい、神官長に直談判することにした。

＊＊＊

翌日の早朝、私たちは聖堂に乗り込んでいた。

「何のことだね？　私は忙しいのだよ」

神官長――キャスターは迷惑そうな顔で、私たちを追い出しにかかる。

けんもほろろといった様子。

「んなっ！　すっとぼけないで――」

「なら、何か私がやったという証拠でもあるのかね？」

アンナが突っかかったが、キャスターはまるで余裕の表情を崩さない。

「しょ、証拠っていうなら捕らえた手先の証言だって――」

「口だけなら何とでも言える。証拠には不十分だろうさ」

キャスターの表情は、何のことだか分からないというものではない。依頼をかけた上で、すっとぼけていると考えるほうが自然だった。

（とはいえ証拠がないのは事実）

（どうすれば一番穏便にすむかな――）

力ずくで自白させることも考えたが、それもそれで面倒そうだ。

「ほらほら。用がないなら帰った帰った――」

勝ち誇ったように、私たちを追い出しにかかるキャスター。

アンナは歯がゆそうな顔で、ぎりりと唇を噛んだ。

(このまま、ちょっかいを出されるのは面倒だし)

(ちょっぴり脅しておこうかな――)

私が、物騒な結論を出しかけたその時、

「証拠ならあるよ」

そう微笑みながら現れたのは、フィーだった。


「フィー?」

「水臭いじゃないか、エミリア」

ちょっぴり咎めるような目を向けつつ、フィーは私に微笑みかけてくる。

「どうして?」

「まさか暗殺者を放つとはね。さすがに肝が冷えたよ――何事もなく山賊だと勘違いしたまま撃退したのは、さすがエミリアって感じだけど」

そんなことを言いながら、フィーはキャスターの元まで歩いていくと、

「何だ貴様は？　いったい私を誰だと思っている？」

なおも何やら喚くキャスターの耳元で、フィーは何やらささやいた。

それだけで真っ青になって震え上がるキャスター。

（あっ、あれは正体をバラしたんだね――）

今頃、キャスターは、何で王子がこんな辺境にいるんだと震え上がっていることだろう。

ぶるぶると震えるキャスターを見て、ちょっぴり気の毒になったが……、

「フィー、離れて下さい！」

「……え？」

「何か、様子がおかしいです！」

キャスターを中心に、魔力が吹き荒れていた。

魔力の属性は闇――すなわちモンスターが持つものと同じ属性の魔力で、

「おかしい。どうして私は、いつも上手くいかない？　どうして、あんな小娘が？

おかしい、おかしい、おかしい、おかしい――」

神経質そうな顔で、ぶつぶつと何かを呟き続けるキャスター。

吐き出される言葉は、まるで呪詛のよう。負の感情が、怨念が、部屋の中でますます高まっていき――

「な、何ですかあれ⁉」

気がつけばキャスターは、異形のものへと姿を変えていた。

全身から黒い翼を生やし、全長は数メートルにも及び広々とした聖堂の天井にも届きそうな勢い。神経質そうな顔や人間の身体もそのまま残っており、ぎょろりとした目はただただ不気味だった。

「魔物化――瘴気にあたった人間が、強い負の感情に飲み込まれてモンスターに姿を変えると聞いたことはあったが……。まさか、こんなところで発生していたとは――」

思わず呟いた私に、そう答えたのはフィーだ。

強い嫉妬心。それをモンスターに付け入られ、こうして心を操られる羽目になったのだ。

「間違いは正されなければならない。死ねぇぇぇ！」

キャスターは高く飛び上がり、目にも止まらぬ速さで襲いかかってくる。

迎撃体制に入った私の前に割り込み、フィーが剣で真正面から化け物に姿を変えたキャスターを受け止めた。

「させない！」

「小賢しい。どけっ！」

更には我に返ったアンナまでもが、

「私の友達に手出しはさせない！」

そう言いながら、巨大な火球を打ち出した。かろうじて直撃を躱すと、キャスターは恐ろしい憎悪のこもった目で私を睨み、

「必ず。必ず殺す！」

そう言い残すと。

聖堂の窓ガラスをぶち破って、天高くに逃げていった。


辺境の平和な街で、突如として発生したモンスター襲撃事件。

すぐに大騒ぎになり、聖堂前にあっという間に人だかりができていた。その人だかりを横目に、私たちは街の中心にある食事処に入り、フィーたちと今後について話し合っていた。

「大丈夫か、エミリア？」

「私は何とも。それより、あいつは？」

私の質問に、フィーは黙って首を横に振る。

どうやら取り逃がしたらしい。

あの後すぐに、ルドニアが騎士団に報告を入れたらしい。

すぐにキャスターを追撃しようと騎士団が動き出したが、すでに姿をくらました後だったらしく、なかなか手がかりが摑めなかったそうだ。

「まさか神官長が、モンスターに姿を変えるなんて――」

まだ信じられない気持ちが大きかった。

同時に、焦りも多い。

（あいつは、また私を狙ってくるよね）

（それなら一度、ここを離れるべきだよね）

真っ直ぐな憎悪を向けられて。

いくら心当たりがないと言っても、それは前世でもない経験だった。

私だけなら、簡単に対処できると思う。それでも万が一、モンスターの襲撃に家族や大切な友達を巻き込んでしまったら……。そんな未来を一度想像してしまうと、気が気ではなかった。

浮かない顔をした私を心配に思ったのだろうか。

「対処は任せてほしい。君には指一本触らせないと誓おう」

「私も！　エミリアは何があっても私が守るから！」

フィーとアンナの言葉は、とても嬉しい。

だけど本当に、それに甘えて良いものか――

「二人共ありがとう。私、この街をしばらく離れようかと……」

「何で？」

「だって、相手の狙いは私だから。もし誰かが巻き込まれたらと思うと――」

私の言葉を聞いて、フィーたちは驚いたように目を見開いたが、

「もしどこかに行くなら、必ず俺にも伝えてほしい」

「そうよ。私が、これまでどれだけエミリアに助けられたことか――今度は力にならせてよ」

はっきりとそう口にする。

（そんな、大したことはしてないのに）

そう思いつつ、不思議と胸が温かくなるようで。

「ありがとう」

二人の意思は固そうだった。

そうして決意を新たに頷きあうと同時——

「た、大変だあああ！」

街の入り口から響き渡るそんな声。

——事態は、刻一刻と変化を続けていく。

王国騎士団の一部が、フローライト領を訪れていたのは偶然だった。

フィリップ王子が視察に訪れていたため、護衛も兼ねて、いつでも動かせるようにと詰めていたのだ。

だから彼らがいたのは、不幸中の幸いだろう。

——フローライト領の結界が破れ、スタンピードが発生しようとしているのだから。

＊＊＊

きっかけはフィーの元にやってきた一人の騎士団員の報告だった。

さっと顔色を変えたフィーを見て、

「いったい、何が起きてるんですか？」

「それが、結界が破られたらしい」

絶句した。

特にアンナにとっては、相当なショックだったようで――、

「ちょっとリル、どうなってるの⁉」

『それが主……、モンスターが暴走状態なんだ。ボクの威圧を無視して、突っ込んできてるんだよ』

どこからともなく姿を現し、リルがぴょんと私の肩に飛び乗った。

「リル、何が原因か分かる？」

『詳しい理屈は分からないけど――元凶はキャスターだ。そいつの撒き散らした激しい憎悪が、周囲のモンスターに伝染してるんだと思う』

「何てはた迷惑な……」

魔族領に近い辺境にもかかわらず、フローライトにモンスターが現れなかったのはリルがモンスターにプレッシャーをかけ続けていたおかげだ。モンスターの暴走により、その均衡が破られつつあるらしい。

「モンスターは今どこに？」

「まだ詳しくは分かりませんが……、恐らくは一斉に、この街に向かってるみたいなんです」

「何ですって⁉」

騎士団員の言葉に、思わず腰を浮かした私だったが、

「大丈夫です。まだ時間はあります——これから避難する時間は、十分に残されています」

その言葉を聞いてひとまず安堵する。

モンスターのスタンピード——魔族領から現れたモンスターが、大量にこの街めがけて動き出した状態。なかなか前例がないことらしく、騎士団員としても対処に困っているらしい。

「皆さんも早く避難したほうが良いですよ」

結局そう言い残し、騎士団員は去っていく。

「スタンピードか。俺も騎士団と合流しようと思う」

「わ、私だって！」

フィーとアンナも、騎士団員を追いかけるように走り出そうとした。

戦いに向かえば、命を落とす危険性がある。その事実は、二人にとって足を止める理由にはならないのだ。

「私は――」

「エミリア、力ない一般人は……。ここは逃げるべきだ」

――力ない一般人。

フィーは、あえてそう口にした。

ここで戦う道を選んだら、今度こそ隠すことはできない。

だからこそ正体を隠したいなら、ここはひっそりと逃げるべき。

フィーが言外に告げたのは、そういうことなのだろう。

「それじゃあ、また後で」

騎士団と合流するため、二人は街の外に走り出す。

私は止められなかった。止められるはずもなかった。だって二人は、すでに生き方を決めているのだから。

（私は。私は――）

悩みは一瞬。

不思議と思い出したのは、二人の生き方だった。

——力を持って生まれた以上、それを正しく使うのは当たり前だと思わないかい？

常にまっすぐ前を向き、正しい生き方を選び続けたフィー。

——今度は、私が守るんだから！

たとえ力がなくても、モンスターに立ち向かう姿勢を見せたアンナ。

あの二人から見たら、きっと私の生き方は……、どうしようもなくダサい。

(やって、あげるよ)

私は裏通りに入り、仮面を被る。

(スタンピードの一つや二つ)

(こっそり潰すぐらい、造作もないことよ！)

そう決意して、私は真っ直ぐに空に飛び立った。

＊＊＊

私は空を飛ぶ。

(この体にも、だいぶ馴染んできたかな)

この幼い体で出せるのは、全盛期の十分の一程度の力しかない。それでもこの体なりに工夫すれば、十分戦えると思う。

「私のスローライフ。邪魔したこと、うんと後悔させてあげる！」

私はいつになく獰猛な笑みを浮かべる。

大切なものを守るため――私はいつになく高揚した気持ちで、体内の魔力を練るのだった。

モンスターの発生源はすぐに分かった。

結界が完全にぶち破られている空間――まずはそこを塞ぐ必要がある。

「邪魔っ！　消し飛びなさい！」

私は空中から、聖魔力を解き放つ。

魔力量にものを言わせた広範囲に及ぶ爆発。

その一撃は、結界から出て来ようとしていたモンスターや、暴走状態で走っていたモンスターを一瞬で蒸発させた。

（ふう……）

あの数のモンスターが、もし街になだれ込んだなら……。

ぞっとする想像を、私は首を横に振って追い払う。やるべきことを粛々(しゅくしゅく)とこなす――戦いの鉄則だ。ここに来た目的は、まだ達していないのだから。

(負担が大きいから、あまりやりたくはなかったんだけど――)

(そうも言ってられないか)

私は地面に降り立ち、破れた結界の目の前に降り立つ。

魔術師の絶対数が足りていなかったのだろう。結界は、お世辞にも整備されているとは言い難い酷い状態であった。

幸い、魔族領にいたモンスターは、何かに怯えたかのようにこれ以上こちらに出てくることはなかった。

私は、結界を修復するべく意識を集中する。

(つ、疲れた……)

極限まで研ぎ澄ませた集中力。

私は、わずか十分ほどで結界の補修を完了させた。

もちろんあくまで応急処置だ。

結界のほつれからモンスターが入り込み、はぐれのモンスターとなることは今後もあるかもしれない。それでも今回のように、大規模なスタンピードが起きることはなくなるだろう。

（さてと、もうひと頑張りいきますか）

久々に扱う魔法だったので疲れたが、まだ余力は残っている。

フローライト領には、まだまだモンスターが残っていた。

「人のスローライフを邪魔した罪。その命で贖ってもらうよ」

私は再び空中に飛び立ち、モンスターの大群を見かけるたびに光の弾を撃ち込むのだった。

《SIDE：アンナ》

私――アンナは、無理を言って騎士団に同行させてもらっていた。

薄々思っていたが、フィーと名乗っていた旅芸人は、この国では随分と偉い立場にある人らしい。

最初は胡散臭そうに私を見ていた騎士団員たちだったが、フィーの一声で騎士団に加わることが許されたのだから。

（ううん、それだけ人手が足りてないんだ）

（状況はきっと、恐ろしく悪い）

スタンピードの発生。

事実、それは絶望的な知らせだった。

結界が大破し、魔族領のモンスターが次々とフローライト領に襲いかかってきているという状態。まずはスタンピードの通り道となる街から、住人を逃がすことを優先させるのだ。その時間を稼ぐため、騎士団はモンスターを足止めする必要がある。

「王宮からの救援なんて、間に合いっこねえ」

「ここで皆、死んじまうんだ……」

そんな絶望的な嘆きすら周囲から聞こえてきてきた。

（やれる！　こういう日に皆を守るために）

（私は、エミリアから魔法を教えてもらったんだから！）

萎えそうになる心を、必死に鼓舞しながら。

私は、戦いに身を投じるのだった。

戦況は想像以上に絶望的だった。

それでもモンスターを相手に一歩も引かずに立ち向かったのは、王国騎士団の矜持とでもいうものなのだろうか。

「嬢ちゃん、やれるか?」

「はい!」

私には、常に何人かの護衛がついていた。

要らないと言ったのだけど、民間人を戦いに駆り出すなど、本来はあってはならないこと。せめてもの条件が、常に護衛をつけることだったのだ。

(そうまでしてでも、私の魔法が必要とされてるってことだよね)

「やぁっ!」

懐疑的な目は、私が魔法を実演したら無くなった。

戦場で私が焼き払ったモンスターの数は、実に十三体。

「この嬢ちゃん、大した腕前だなあ。こんな逸材、いったいどこから見つけてきたんだ?」

「時が来たら分かるさ」

フィーと騎士団員のおっちゃんが、そんなことを話していた。

「嬢ちゃん、まだやれるか?」

「は、はいっ！」

「いいや、意識してないだけでだいぶ疲れてるはずだ。どうせ長期戦になる——少し今のうちに休んでおけ」

無我夢中で戦う私に、騎士団員たちは休むように諭す。

（長期戦、かあ……）

今は無理してでも前線を押し上げるべき。

そこから先はバリケードを敷いて、そこを防衛ラインとして戦う予定だ。

そうして防衛ラインを徐々に下げながら戦う遅滞戦闘へと移行する。そんな厳しい戦いを想定していた騎士団だったが、その予測は驚くことに外れることになる。

最初にその光景に気がついたのは、騎士団の先陣を切っていた男だった。

「何だあ、あれ？」

「女の子が、飛んでる？」

（……って、エミリアじゃない！）

（何をやってるの⁉）

かろうじて目のあたりを仮面で隠している。

それでも顔を知っている私からすれば、正直なところ丸分かりだった。

「あいつは、また――」

フィーが頭を抱えていた。

私としては心配半分、期待半分といったところだ。

（いったい、何をするつもりなんだろう？）

私が固唾（かたず）を飲んで見守る中、エミリアは真っ直ぐにスタンピードの発生源まで突き進んでいった。

地上を覆い尽くすモンスターの群れなど、空中にいるエミリアには何も関係ないのだ。そうして目的の場所まで辿り着いたエミリアは、

「は⁉」

「俺、夢でも見てるのか……？」

騎士団員たちは、並大抵のことでは動揺しない心構えができている。

それにもかかわらず、目の前の光景はあまりにも常識はずれ――いうなれば〝奇跡〟そのものといった光景だった。

神罰。

最初に浮かんだ単語は、それだろう。神の怒りに触れたモンスターが、蒸発して

いったのだろう——そう思わざるを得ないような超常の現象。

あれほど強大に見えたスタンピードの一角が、いとも簡単に消し飛んだ。

(いえ、あれは……魔法)

(どれほどの鍛錬を積めば至れるのか分からないけれど——たしかに練り上げられた魔法!)

あれが本気を出したエミリアなのだ。

悠々と空中にとどまり魔法を撃つエミリアは、どこまでも格好良かった。

私は、ただただ興奮していた。

同時にいつかああなりたい、と思った。

「ああ——聖女様」

その呟きは、フィーの声だ。

恋い焦がれるような声。

「君に頼るのは今回限り——そう、誓うよ」

同時に、己の不甲斐なさを責めるようでもある。

悠々と空を舞うエミリアの姿は、どこまでも美しかった。

事態は、一件落着したかのように見えた。

スタンピードの残党を、騎士団員たちとエミリアが凄まじい勢いで殲滅（せんめつ）していく。

どこか弛緩した空気の中。

――ついに、そいつが姿を現した。

「キャスター・エルンスト！」

「おのれ、おのれ、おのれ、おのれ、おのれえぇぇえええ！」

すっかり正気を失った眼差しで。

異形へと姿を変えたキャスターは、怨嗟の声をあげる。

「な、何だこいつは⁉」

「そいつが、今回のスタンピードの元凶です。瘴気を取り込み、負の感情に飲み込まれた――哀れな人間です」

フィーが答え、静かに剣を抜く。

遅れて構えを取る騎士団員たち。

そうして戦いがはじまった。

「おまえが、おまえが大人しく俺の言うことを聞いてれば！」

キャスターは、すっかり正気を失っていた。

それでも憎いという感情だけは残っていたのだろう。

執拗に私を狙ってきており、私は背筋に冷たいものを感じていた。

「ァァアアアア！」

不意をついて放たれた咆哮。

「な、何だこれは……」

「身体が重い――」

それはオーガが放つ咆哮と非常に似た性質を有していた。すなわちまともに喰らった者に、スタン効果を付与するというもの――

「そんなものっ！」

どうにか振り払って、私はカウンターとばかりに炎を放つ。

「なっ⁉」

しかし直撃したにもかかわらず、キャスターを覆う瘴気にあっという間にかき消されてしまう。

恐慌状態に陥り、動けない騎士団員たち。隣に倒れているフィーも、悔しそうに呻くだけで戦力としては数えられない。

私の魔法は、まるで効いた様子がない――正直、打つ手がない。

「このっ、このっ！」

「いくら足掻いても無駄だ」

私がいくら魔法をぶつけても、まるで頓着した様子もなく。

キャスターが、にやりと嗜虐的な笑みを浮かべて近づいてくる。

（どうして……）

（やっと、守るための力を手に入れたと思ったのに！）

思わず泣きそうになった。

泣いてしまえば、また無力だったあの時に逆戻りだ。

だから私は闘志を燃やし続け、どうにかキャスターを睨み続けた。


――その時だった。

「私の大切な友達に何してるのよ！」

そんな声が割り込んできて、同時に激しい衝撃。

突如として現れた人影が、キャスターを思いっきり蹴り飛ばしたのだ。

なびく金色の髪。さっきまで空を飛び、奇跡の少女として神のように崇められて

いたエミリアではあったけれど……、

（やっぱりエミリアは、エミリアだ）

思わず安堵のあまり泣きそうになって――、

「エミ、リア……」

「ごめん、遅くなって――」

エミリアは、ただ申し訳なさそうに一言。

そうしてキャスターに向き直り、戦いがはじまるのだった。

《SIDE：エミリア》

軒並み目立つ戦いは終わっただろう。

（やっちゃったなあ――）

否、終わってくれないと困る。調子に乗って大魔法を躊躇なくぶっ放していたら、

風圧で仮面が吹き飛んでしまったのだ。

（顔バレ！　絶対駄目っ！）

こんだけ派手に暴れたのだ。

もし正体がバレたら、即王城幽閉からの、一生ブラック労働勤務待ったなしである。

（まあここから人目につかないようにすれば、大丈夫かな——）

私は、空高く飛び上がる。

この距離なら、顔を直視される心配はないだろう。

後はこのまま帰ろうか……、と思っていた矢先に、

（え？　嘘でしょう——）

私は、見つけてしまう。

それは本当に偶然だった。

諸悪の根源——キャスターを、戦場でたまたま見つけてしまったのだ。

そしてその正面には、私の親友の姿。あろうことかキャスターの鋭い爪が、今にもアンナを切り裂こうとしており……、

「私の大切な友達に何してるのよ！」

気がついたら私は、キャスターを蹴り飛ばしていた。

躊躇（ためら）いはなかった——ここで正体がバレるのを恐れて見過ごしたら、一生、後悔するという自信があった。

あのアンナが、泣きそうな顔をしている。

もともとこいつがスタンピードなんて起こさなければ、こうしてアンナが戦場に立つようなことにもならなかったのだ。

私がキャスターを怒りのこもった目で睨みつけると、

「おのれぇぇぇぇ！　エミィィリィアアァ！」

向こうもどす黒い怒りをあらわにして吠えた。

聞く価値もない怨嗟の声。どうでも良い嫉妬にまみれた俗物の咆哮。

「下らない」

私は一言で切り捨てる。

手を振りかざして、魔力を注ぎ込む。

「アンナの魔法を無駄だって言ったね」

「死ねぇぇぇぇ！」

キャスターは、ただ怒りに駆られるまま真っ直ぐ突っ込んできた。

もはや人としての知性すら残っていないのだろう。衝動のままに動く姿は、まさしくモンスターそのものだった。

私は火炎弾を撃つ。

いくつも、いくつも。

「無駄ぁぁあぁぁあああ！」

「どうかしら？」

一つや二つなら、その羽で防げるのかもしれない。

だけどそれが、十、二十なら？

私は火の玉を大量に背後に展開し、次々と射出する。

その数、実に千以上。

「がぁぁぁあああ！」

何百もの火の弾が、次々と着弾していく。

防御も回避も許さぬ、ただ破壊を撒き散らす。

やがて断末魔の悲鳴をあげながら、キャスターは静かに倒れ伏すのだった。

——騎士団の中で、大歓声が上がる。

スタンピードをほぼ単身で解決し、ついには元凶のモンスターを討伐してみせたのだ。

「——聖女様」

誰かのささやきが、ぽつりと聞こえてきた。

「聖女様の再臨だ！」

「すごい。これは――奇跡だ！」

「聖女様、バンザイ！　聖女様、バンザイ！　聖女様、バンザイ！」

一度起こってしまった聖女様コールは、決して止まることはなく。

（あー、結局こうなっちゃったか――）

私は、何とも言えない気持ちになる。

自分の行動に後悔はない。

もし過去に戻れるとしても、きっと私は同じ行動を取るだろう。

（聖女、かあ……）

思い出したのは、聖女として死ぬまでこき使われた前世だ。

あって当たり前だった聖女の献身。前世の記憶では、ついぞ感謝された記憶すらなく――できなければひたすら罵倒され、国のために尽くすことは当たり前とされた。そんな時を思えば、今は幾分かマシかもしれない。

もちろん、どうしようもなく嫌な呼び名だ。それでも、こうして心から感謝される経験というのは、思いのほか新鮮で。

立ち尽くす私の元にやってきたのはフィーだ。

（あ、やっぱりフィーもここにいたんだ）

（力ある者の義務。フィーなら、必ず自分でも剣を手に取ると思ってたよ）

フィーは申し訳なさそうな声で、私にこんなことを聞く。

「今なら、まだ無かったことにできると思う――」

箝口令を敷いて。

スタンピードを解決したのは、騎士団員たちだということにする。

私とアンナは、あのまま街から一緒に逃げたことにすれば良い――そんな私にとっては、ありがたい提案。

フィーは、いまだに私との約束を守ってくれようとしているようで。

（だけど、もう良いかな――）

ふと鑑定の儀の結果に、憤慨していたアンナのことを思い出す。

そんなアンナは、私が聖女コールを受けてもみくちゃにされているのを見て、自分のことのように嬉しそうな顔をしていたのだ。

何よりこんな状況でもまだ選択肢を考えてくれるフィーがいる。

きっと前世のようなことにはならない。だから――、

「ううん、そこまでする必要はないよ」

私は、フィーの提案を断る。

「鑑定の儀も受け直して――私、魔法学院に行くよ」

「エミリア、良いの⁉」

それは私にとっては、大きな決断だった。

正直なことを言うと怖い。前世で死ぬまでこき使われた経験は、正直なところトラウマになっている。だとしても――、

「フィーがいるなら、そんなに酷いことにはならない。そうでしょう?」

私は、そう微笑みかける。

フィーは一瞬呆けたような顔をしていたが、

「当たり前だろう」

誓いを立てるように、そう宣言。

そして何を思ったのか、忠誠を誓う騎士のように、私の元に跪(ひざまず)きそっと手のひらに口づけしてきたのだ。

見目麗(うるわ)しいフィーの所作(しょさ)は、いっそ憎らしいほどに絵になっていた。

(⁉⁉)

思わぬ行動に、テンパる私。

（き、きっと挨拶みたいなものなのね⁉）

（まったく。本当に、私じゃなかったら勘違いしちゃうところだよ⁉）

慌てる私を見て、フィーはしてやったりという顔をしながら、

「こんなこと、エミリア以外にはしないよ」

なんて言いながらウィンクしてくる。

「え、それってどういう――」

結局、最後までフィーにからかわれたまま。

私にとって大きな人生の転換点となったスタンピード事件は、そうして幕を下ろすのだった。

＊＊＊

それからの顛末は、驚くほどスムーズに進んでいった。

フィーの根回しが大きかったのだろう。

私は予定通り鑑定の儀を受け直し、無事、全属性にCランクの適正があると判定

された。

「エミリアったら、また露骨に力を抜いて――」

「だってこれ以上目立ちたくないし……」

フィーには呆れられてしまったけど許してほしい。

たしかに魔法学院に通うことにはなったけれど、私はまだ引き込もりスローライフの夢を諦めてはいない。

私は魔法学院では、ひっそりモブキャラとしての位置を確保するのだ。

スタンピード事件は、表向きは王立騎士団が解決したことになった。

フィーの尽力で、結局、私の動きが表沙汰になることはなかったのだ。もっとも騎士団員たちの心には、鮮烈な印象を残してしまったようで――

(顔合わせたら聖女様って呼びかけてくるのはなぜ⁉)

(恥ずかしいからやめて⁉)

まるで私が、自分を聖女様と呼ばせて悦に入っている、ヤバい奴みたいではないか。

そしてフィーは、あの日からフローライト領に姿を現していない。

何やら根回しが必要なんだと言っていたし、フィーには今も感謝はしているのだけど――

（魔法学院に行くことを決意したら、もう用無しだってこと⁉）

（まったく、薄情なやつめ！）

私は内心で毒づきつつも、一方ではしっかりと理解していた。

何せ相手は、この国の第一王子なのだ。

毎日のように会えていた今までがおかしいのだ。

（まあ……、魔法学院でまた会えるよね）

年齢的に、フィーも今年魔法学院に入学するはずなのだ。

ちょっぴり再会を楽しみにしながら――

ついに私が、王都に向かう日がやってくる。

エピローグ

王都に向かう馬車の中。

私はアンナとおしゃべりしながら、外の景色をぼんやりと眺めていた。

「それにしても、フィーが王子様だったなんて！　嘘みたい……」

「ごめん、さすがに話せることじゃなくてさ――」

「エミリアも、まさか前世が大聖女エミーリア様だったなんて。エミーリア様、やっぱり私も敬語使ったほうが良い？」

「あんた、敬う気特ちにないでしょ」

てへっと舌を出すアンナ。

ちなみにアンナは、貴重な非・エミーリア信者である。

(もしアンナにまで神でも崇めるように扱われたら、立ち直れないよ)

アンナとはこれからも、最初の友達として、変わらぬ付き合いをしていきたいところだ。

ちなみにアンナは、私の侍女として魔法学院に入学することになった。

学院の卒業生は、そのまま王都で仕事につく場合も多い。学院で従者としての礼儀を学ぶことは、将来役に立つとされているからだ。

「よし。適当に力を抜いて、今度こそ平穏な生活を死守するよ！」

「無理でしょ。絶対、何かやらかすでしょ？」

「アンナまで、フィーみたいなことを言う！」

私の不満そうな声を聞き、アンナはくすくすと笑った。

そうして馬車は、ついに王都へと到着する。

久々に思いっきり腕を伸ばして伸びをしながら、私は、馬車を降りる。

「さあ、今日からは平穏な引きこもりスローライフを――」

私が、そう新生活に向けて気合を入れ直したところに、

「エミリア・フローライト様！　このたびはフィリップ殿下とのご婚約、誠におめでとうございます！」

そんな出迎えの声が、私を待ち受けていた。

私を出迎えたのは、王宮勤めのメイド――正直、私よりも遥かに身分が高い人たちで。

しばらくの間、その言葉の意味を理解することができず、

「……なんて？」

そんな素っ頓狂な私の声が、昼の城下町に響き渡るのだった。

あとがき

はじめましての方は、はじめまして。

お久しぶりですの方は、いつもありがとうございます。

作者のアトハと申します。このたびは「転生聖女は引きこもりスローライフを目指したい！」をお読みいただき、誠にありがとうございます。


本作は、前世聖女のエミリアが、今世では正体を隠して平和に暮らしたいと願っているにもかかわらず、常識外れの力を無意識に使ってしまい、不思議と目立ってしまう——そんな作品となっています。

主人公……、ちょっぴりアホの子です。これでも本人的には、一生懸命、全力で正体を隠したいと頑張っているのです。

本作のコンセプトは、ひとことで言えば優しい世界でしょうか。

どたばたと慌ただしくも楽しい、そんなエミリアたちの日常を、ゆるりと見守っていただけますと幸いです。

最後に謝辞を。

担当編集のA様、作品の丁寧な編集をありがとうございます。本作、なかなかバシッと決まりきらない部分もあり、何度となく相談しながら進めていったのが良い思い出です。ありがとうございます。

素晴らしいイラストを描いて下さった昌未様。カバー・口絵・挿絵どれも、非常にキャラやシーンの雰囲気を捉えたイメージ通りでした。水晶を光らせて慌てているエミリア&爆笑している王子の挿絵が大好きです。

そして何より、本作を手にとって下さった読者のみなさま。少しでもお楽しみいただけたなら、作者としてそれ以上の喜びはありません。

それでは、また会えることを願って。

二〇二三年　五月吉日

Jノベルライト文庫

転生聖女は引きこもりスローライフを目指したい!

～規格外の魔力? 伝説の聖女の再来!? 人違いなので放っておいて下さい!～

2023年6月14日　初版第1刷発行

著　者　アトハ

イラスト　昌未

発行者　岩野裕一

発行所　株式会社実業之日本社

〒107-0062　東京都港区南青山6-6-22 emergence 2

電話（編集）03-6809-0473

（販売）03-6809-0495

実業之日本社ホームページ　https://www.j-n.co.jp/

印刷・製本　大日本印刷株式会社

装　丁　AFTERGLOW

DTP　ラッシュ

ISBN978-4-408-55805-9（第二漫画）